4
義妹生活
JN042806
三河ごーすと
illust Hiten

「浅村君と一緒に教室から出てきた
お母さんが、そのまま、綾瀬さんと
合流したんだけど……どういうこと？」
浅村悠太
Yuta Asamura

一瞬、教えたくないと思ってしまった。
けれど同時に、さっきの亜季子さんの喜ぶ顔も思い出してしまう。
否定するのも違うよな。
「兄妹なんだ。
大声で吹聴するような話でもないけど」
Keisuke Shinjo
新庄圭介

「キミ、今までに何人とヤッた？」
「は？」
言われた意味が一瞬理解できず……。
やる・殺る・ヤる……
えっ、まさか、そーゆー？
工藤英葉
Eiha Kudo
Shiori Yomiuri
読売栞

「ええと、おっしゃる意味が――」

わかるけど、わかりたくないんですが。

「先生！ 初対面の未成年になんてことを訊くんですか」

Saki Ayase
綾瀬沙季

Kaho Fujinami
藤波夏帆

渋谷夜遊び

ある日の雑談「進路について」

進路希望調査って『とりあえず進学』以外の選択肢、あんまりないよね

うちみたいな進学校に通ってると、特にね

でも、あらためて将来のことを考えるきっかけにはなるんじゃない?

将来……ひとり立ちして、しっかり食べていける仕事に就きたい、
とは思ってたけど。あんまり具体的には考えられてないかも

駄目だよう。うかうかしてると、あっという間に大人だよ

それを言うなら読売先輩のほうが就職に近いわけですが。
具体的な就職先はもう考えてるんですか?

もちろん!

聞かせてもらってもいいですか?

専業主婦!　浅村くんにもらってもらうんだ～

えっ

あーはいはい、そういうのいいんで。真面目にお願いします

ちぇっ、ノリが悪いなぁ。じゃあ政治家でいいや

いいやって。そんな簡単になれるものじゃないような……

とても参考になりました。やっぱり持つべきは頼れる先輩ですね

おっ、ポジティブな言い回しだけで絶妙に皮肉の効いた台詞。
芸術点高し!　いいね!

読売先輩はお笑い芸人でも目指してください

あはは……

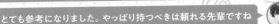

義妹生活 4

三河ごーすと

MF文庫J

Days with my Step Sister

4

Contents

{口絵・本文イラスト} Hiten

運命の分かれ道なんて存在しない。いずれ交わってしまうからこそ運命なのだ。

●プロローグ　浅村悠太《あさむらゆうた》

女の子が、長かった髪をばっさりと切った。

恋愛小説だったら大きなイベントとなるような出来事だが、現実では取り立てて騒ぐことでもなく驚くようなことでもない。

暑かったから。うっとうしかったから。気分転換で。

理由など幾らでもあり、女性が髪を切ったことに、大きな心境の変化を読み取ることは良く言えば無意味。悪く言えば単なる下衆《げす》の勘繰りだ。

過剰に驚いたりなどせず、新しい髪型をさりげなく受け入れればいい。

俺、浅村悠太も、よくあることとして受け入れるのが当たり前の態度なのだろう。

義妹《ぎまい》なんて、それまでにいたことがなく、現実で耳にしたのも初めてなのだから、俺も確信があるわけではないけれど。全国の義妹のいる兄たちに聞いてみたいところではある。

そもそもだが、四十をとっくに超えてしまった親父《おやじ》が、付き合い酒で酔った末に介抱してくれたきれいな女性とまさか再婚するとは思わなかった。

父から結婚すると聞かされたとき、俺の頭をよぎったのは祝福よりも先に心配だった。

だいじょうぶだろうか。

騙《だま》されてやいないだろうか、と。

実母との離婚に至る経緯を傍《はた》からつぶさに見てきた俺にとって、女性とは期待などできるはずのない存在だった。夜通しの喧嘩《けんか》。夫と子を見つめる冷たい視線。あげくの浮気。ネグレクトとまでは言えないというのがわずかな救いという、ありがたくもない環境で育った俺は、離婚すると知らされて、悲しみよりも安堵《あんど》の気持ちのほうが勝ったほどだ。

俺がよく知る女性とは実母だった。自らの行いを棚に上げ、親父や俺に一方的に期待を押し付けてくるだけの存在であり、それが叶《かな》えられないと勝手に失望するというたちの悪い存在でしかない。

このためか俺はいつからか他人に対して一切の期待をしなくなった。

だから、同居することになった義妹がこう言い出したとき、むしろほっとした。

『私はあなたに何も期待しないから、あなたも私に何も期待しないでほしいの』

その言葉は、俺にとって何よりも誠実な人間関係の提案に聞こえた。

同居する相手に対して一方的な要求もしてこないし、かといって必要以上の遠慮もしない。互いの行動の「すり合わせ」を提案してくれる。

フラットに付き合うことができる存在は、俺にとってありがたい。

綾瀬沙季《あやせさき》はそんな少女だった。

これならうまくやっていけるだろう——親父《おやじ》と亜季子《あきこ》さんが期待しているような仲の良い兄と妹として。

俺はそう思った。


ただ、彼女には俺とは大きくちがうところもあった。

俺は他人が寄せてくる巨大な圧力に逆らうのが億劫《おっくう》で。なんとなくそういうものを柳に風と受け流すことにしていた。ほどほどに相手の言い分を聞き、逆らわない。

けれど、綾瀬さんは俺とはちがった。

彼女は世間の目というものに屈することを良しとしなかった。

そして、くだらないステレオタイプを押し付けてくる奴《やつ》らをねじ伏せるだけの強い人間であろうとした。

ひとりでも生きていけるだけの力を身に着けるために、成績を上げることに勤《いそ》しみ、試験でも上位の順位をキープする。その上できれいだと言ってもらえるレベルに自分を磨くのだと言い放った。

『私のこの姿は武装なんだよね』

耳に光るピアスを装備して、明るい色の長い髪をなびかせ、綾瀬さんは戦っていた。

その姿を目の前で見続けて、俺はいつしか彼女に対して大きな興味と関心を育てていった。

そして、8月の終わり。義妹《ぎまい》との共同生活を始めて三か月ほど経《た》った頃。

綾瀬さんは髪を切った。

それ自体にはさほど意味などないのだろう。

女性が髪を切ることに大きな意味があるのは、ドラマや小説の中の登場人物だけのフィクションなのだから。

ただ、そのときから一か月。

それまでと比べて変化したことがひとつあった。

「ただいま、綾瀬さん」

「おかえり、浅村《あさむら》くん」

——そんなやりとりをする機会がほぼなくなっていた。

季節は秋になっている。

俺は、マンションの自宅の扉を開けると、小さな声でバイトからの帰宅を告げた。

淡い常夜灯だけが照らす廊下を静かに歩いてリビングへと入る。

誰もいない。

サラリーマンである親父《おやじ》はとうに寝てしまっているし、勤務時間が深夜の亜季子《あきこ》さんは出勤している。起きていそうなのは綾瀬《あやせ》さんくらいだけれど、寝てしまっているのかそれとも勉強しているのか返事はなかった。

テーブルの上にはビニールラップをかけた夕食が作り置かれていた。

「お、ハンバーグ」

テーブルに貼られた付箋紙には、「レンジで温めて食べてください」と書かれていた。

ご飯は炊飯器のなかで、お味噌汁《みそしる》は鍋のなか。そして、サラダは冷蔵庫のなかだ。いつもどおりだし、最近では俺自身も手馴《てな》れたもので、温めるべきものを温めてから席に着いた。

「いただきます」

箸《はし》でハンバーグを割ると、なかに入っていたチーズが溢《あふ》れでてきた。

「おおっ、チーズインハンバーグ」

小さく感嘆の声をあげてしまう。

綾瀬さんの料理スキルは日々上がりつつあって、ハンバーグといえばレトルトかファミレスでしか食べたことのない俺には、手でこねて作ったチーズインハンバーグなど魔法の品のようにしか思えない。まあ、綾瀬さんはいつものように「たいした手間じゃないから」と言うのだろうけど。

ちらりと視線を綾瀬さんの部屋の扉へと向ける。

中間テストにはまだ早いはずだけれど、最近の彼女は俺が帰るときにはいつも勉強している気がする。一緒に食べる時間は減ってしまった。書店のアルバイトも続けているけれど、９月からのシフト変更でそちらでも会う機会が減っていた。

避けられてるんだろうか。

俺は首を振った。

そんなことはない。

顔を合わせればべつに以前と変わらず接してくれているし、そもそも高校生にもなった兄妹《きょうだい》がそんなにも始終一緒に居ようとはしないだろう。

温かいはずのハンバーグが急に冷めて感じられた。

「――兄さん、か」

あの日以来、綾瀬さんからはその呼び方しかされていない。

●9月3日（木曜日）　浅村悠太《あさむらゆうた》

帰りのHR。担任が、終了間際に一枚のプリントを俺たちに配った。

「では、渡したプリントは、来週の木曜日までに学級委員長に提出しておくように」

担任が去り、扉が閉まった瞬間に教室がざわついた。いつもならば鞄《かばん》を掴《つか》み散り散りとなって教室を出ていくクラスメイトたちが席を立たない。

ねえねえ、どうする？　おまえ、なんて書く？

そんな声が聞こえてくる。

まわりに向かって相談を始める者、目の前のプリント用紙を睨《にら》んでため息をつく者。様々だが、みな真剣だ。担任の配ったそれは、卒業後の進路を尋ねるものだった。

今月の下旬から三者面談が行われる。つまり、目の前の進路調査用紙はそのための資料であり、これを元にして担任と親と俺たちが話し合うわけだ。

「今年も、この季節が来ちゃったなあ……」

俺は、手にした用紙をひらひらと振りながら、前に座っている親友の丸友和《まるともかず》の背中へと向かって言った。

「俺たちも、もう高二だからな。今年は真剣さが違う。だが、浅村よ。そんな憂鬱そうに言うということは、おまえも進路を決めあぐねているということか」

振り返った丸は顔をしかめていた。

「おまえも、ってことは。あれ？　丸も？」

「なんだその意外そうな顔は」

「いやてっきり野球の道に進むのかと思ってたからさ」

なにしろ、うちの学校の野球部はそこそこ強い。その野球部で二年にして正捕手を務めている男なのだ。甲子園で優勝してプロ入り……とは行かないかもしれないが、丸の野球への取り組み方を見ていると、何かしら関連のある道へ進むと思っていた。

「そのとおりだが？」

「あれ？」

じゃあ、なんで苦虫を噛《か》みつぶしたような顔をしていたのか、ということである。

「苦虫か。あいにく噛んだことはないが」

「たぶん世界の誰もないいんじゃないかな」

いや、慣用句になってるということはかつて誰かは噛んだのかもしれないけれど。

「浅村よ、野球部に入っているからといって、すんなり野球を仕事にできるわけじゃないことくらいは、おまえにだってわかるだろう？　当然、悩むさ。そして浅村、ひとつ誤解がある」

「ええと？」

「俺は別に進路に悩んでいたから渋い顔をしてたわけじゃない。月末から三者面談が始まるからだ。しかも、それが二週間近くも続く。そうなると、どうなると思う?」

「どうなるって……」

俺は目の前のプリントに視線を落とした。進路希望を書く欄とは別に、簡単なお知らせが書いてある。それによれば三者面談の期間中はどうやら短縮授業になるようだ。午後からは放課になるらしい。

「午後授業がなくなって面談の時間にあてるみたいだね」

「浅村《あさむら》、それは部活の時間が長くなるということだ」

丸《まる》の言葉を聞いて俺は納得した。と、同時に意外でもあった。野球へのモチベが高い丸でも練習時間が伸びることは嫌なんだな。

「嫌なものか。練習をより多くできることは歓迎する」

「んんん?」

「だが、三者面談があると当然だが面談中の部員は不参加になるだろう? 部員が欠けるとできないトレーニングも生じる。つまり、いつもよりも簡単な練習にならざるをえない。だから平時より微妙にだらけた空気になる」

練習は好きだが、時間あたりの効率が悪い練習は嫌いだ、と丸は続けた。

ゲームも嗜《たしな》む丸らしい発言だった。なんというか効率厨?っぽさを感じてしまう。

「浅村。効率だけがゲームの楽しさではないぞ」

「ゲームに例えた俺が悪かった」

俺は両手を合わせて拝むようなポーズを取った。その道の専門家にはその道の専門家らしい拘《こだわ》りがあるものだ。迂闊《うかつ》に触れて火傷《やけど》するのは本意じゃない。

「ところで浅村のところはやっぱり親父《おやじ》さんが来るのか？　それとも今年は母親か？」

「えっ？」

俺は、言われてからようやく自分にはもう、親父だけではなく母親がいるのだと思い出した。そうか、三者面談に亜季子《あきこ》さんが来てもいいわけだ。でも……。

「去年も親父が来たし、今年も同じだと思うぞ」

丸に向かってそう言い返しながら俺はふと綾瀬《あやせ》さんのことを思った。

綾瀬さんのほうは、亜季子さんが来るのかな……？


９月に入ると少しだけ空の色が変わる。

陽《ひ》ざしはまだ強いけれど、夏の抜けるような青ではなく、ガラスを一枚二枚通したような少しだけ霞《かす》んだ青として目に映る。

自宅のマンションの上。広がる空を見上げながら、俺はぼんやりとそんなことを想《おも》う。

エレベーターを降りた俺の歩みが遅くなった。

手から提げた鞄《かばん》を気にしてしまうのは、受け取った一枚のプリントのためだ。進路で悩んでいるというよりも、どうしても新しい母のことを意識してしまう。親父《おやじ》はわりと放任主義で俺の進路を心配して口を出してきたことなどなかった。

けれど、亜季子《あきこ》さんはどうなのだろう。

家の扉を開けて帰宅の声を内へとかけながら俺はリビングへと進む。

玄関にあった靴から予想できたことではあったけれど、綾瀬《あやせ》さんと亜季子さんがテーブルを挟んで会話をしていた。

亜季子さんはちょうど出勤前らしく、化粧も済ませて出かける直前の様子。

「おかえり、兄さん」

俺が入ってきたのを見て顔をあげた綾瀬さんが言った。

「っ、ただいま、綾瀬さん」

わずかに口籠ってしまったことに気づかれないといいと思いつつ、俺は返事をした。

兄さん、と呼ばれるようになって一か月経《た》つ。けれども、俺のほうは「沙季《さき》」と呼び捨てで返す気にはなれなかった。

「なんの話をしてたの……ああ」

「兄さんももらってきたでしょ、進路調査」

テーブルの上にはまさに三者面談のためのプリントが置かれていた。ふたりはどうやら何日に来れるかを確認していたらしい。

「ちょうどよかったわ」

亜季子さんが俺のほうを見て言った。

「なんですか？」

「悠太《ゆうた》くんの三者面談をどうしようか、太一《たいち》さんとも相談してたのよ」

「俺の？」

「ええ。実はね……太一さん、今とっても忙しいの」

なんでも、会社で重要なプロジェクトを任されているらしく、半休（半日休暇）を取れる日を探すのさえ、なかなか難しい状況らしい。知らなかった。親父はあまり家で会社のことを話さないから。

それでも、どうにか時間を作るために他の日に無理をしようとしているらしい。半休さえ取れないような状況下で、さらに仕事を詰め込もうとしているわけだ。

最近、妙に疲れた顔をしているなとは思っていたが……。

見かねて、亜季子さんは自分が俺のぶんの三者面談も行こうかと提案しているのだそうだ。

まさに丸《まる》が言っていたことが実現しそうな状況になっていた。あいつ、もしや予知能力者ではあるまいな、と思わざるをえない。

冗談はさておき。

しかし亜季子《あきこ》さんが三者面談に来ることにはひとつ問題があった。

「あなたたち、学校では兄妹《きょうだい》って言ってないんでしょう? 太一《たいち》さん、あなたたちに負担をかけたくないって言ってて。でも、わたしもそれは思うし」

学校でいらない詮索をされないために、俺と綾瀬《あやせ》さんは兄妹関係を隠している。名前も卒業まで旧姓を名乗り続けられるように調整していたわけで。

だが綾瀬さんの母親と俺の母親が同じであると、万が一にでも他の生徒に知られてしまったら、二人の兄妹関係は露呈してしまう。三者面談の時間帯に教室周辺に残っている生徒はあまり多くないし、そこまで気にしすぎることもない、とは思いつつも、亜季子さんは気にしてしまっているようだった。

「そうだったんですか……」

「だからね、考えたの。沙季《さき》と悠太《ゆうた》くんで三者面談の日程をずらせばなんとかなるんじゃないかなって」

「「えっ!?」」

俺と綾瀬さんは同時に驚いた。

日程をずらすということは——。

「もしかして、わざわざ二回も学校に来るつもりですか?」

「だって、同じ日にハシゴするよりも安心でしょう？」

亜季子さんはそう言って「どうかしら？」と俺に同意を求めてきた。

「でも、だいじょうぶなんですか？」

「えっ？」

「だって……忙しいのは親父《おやじ》だけじゃないですよね。バーのお仕事は夜ですし。そもそも昼に学校に出てくるだけでも大変なんじゃ……」

亜季子さんの仕事は夕方から深夜にまで及ぶ。

店の片付けや翌日の料理の仕込みまで済ませてから家に帰ってくるから、帰宅はいつも朝になるし、昼はたいてい寝ている。休日はさすがに家族の時間に合わせているものの基本的に亜季子さんは夜型なのだ。

指定の時間に合わせて昼に学校に来るだけでも大変だと思う。

それをわざわざ綾瀬さんだけでなく、俺のほうの面談にまでくるとなると、手間が二倍に増えるだけでは済まないはずだ。

休みも一日多く取らなければならないし。

しかし、亜季子さんはそんな俺の懸念に対してにっこりと微笑《ほほえ》み、明るく言った。

「大丈夫よー」

「いやでも」

「あっ――ごめんなさい悠太《ゆうた》くん。わたし、もう出ないと」

壁に掛かった時計が目に入ったのか、亜季子《あきこ》さんは慌てて立ち上がる。テーブルに置いてあったショルダーバッグを掴《つか》むと、玄関へと走った。

慌てて俺は後を追う。

ヒールの高い靴に足を突っ込むと、踵《かかと》を一回かつんと軽く打《う》ち降《お》ろして履く。亜季子さんはノブを回しながら顔を俺のほうへと向けた。

「この話はまた後でね。それまでに考えておいて」

「あ、はい」

「行ってきます！」

元気にそう言うと、亜季子さんは「遅れちゃう！」とヒールを鳴らして駆けていった。

「あんなに走ってだいじょうぶかな」

「ほんと。転ばないといいんだけど」

「あれ？　綾瀬《あやせ》さんも？」

振り返ると、肩からスポーツバッグを提げた綾瀬さんが立っていた。

「そろそろバイトの時間だから」

「そうか。……行ってらっしゃい」

「ん。行ってきます、兄さん」

俺の鼻先を綾瀬さんの横顔がかすめて過ぎた。後ろ髪がかすかに揺れる。

扉が閉まる音が響いた。

今日は俺はシフトに入っていない。夏休みのバイト生活、あれだけ綾瀬さんと一緒だった日々が今は遠く感じる。

鞄《かばん》を自室に放り込んでから俺はリビングの席に座りこむ。無意識についた吐息に自分でも驚いてしまった。なんだ俺。いったい何にこんなにがっかりしているんだ。

それでも、俺は同時にほっとしてもいた。

兄さん。

そう呼ばれるたび、綾瀬さんと同じ空間にいることに息苦しさを覚えてしまう。

その気持ちをなんと呼ぶのか。俺はもう気づいてしまっていたのだけれど。


「さて……何が残ってたかな」

夜。俺はすっかり根を生やしていた腰をあげて冷蔵庫を開ける。

野菜室に野菜があったが、肉や魚はなかった。

しまった。買い物が先だったか。

9月に入ってから俺と綾瀬さんのバイトのシフトも交わらなくなり、それに伴って我が家の炊事の分担も変更された。バイト帰りで疲れている綾瀬さんに料理をさせ続けるのを良しとできるほど俺はヒモ体質ではないのだ。

だから俺がバイトのときは綾瀬《あやせ》さんが、綾瀬さんがバイトのときは俺が夕飯を作るようになった。

とはいえ俺が作れるのなんて、まだまだ料理と呼べるようなものじゃないんだが。

ぴろん、と気の抜けるような軽い音が聞こえた。テーブルに置いていた携帯に視線を走らせる。LINEの通知だ。プレビューの冒頭の一行が、消える一瞬前に目に入る。親父《おやじ》からだった。遅くなるから食べて帰る、と。

ほんとに忙しそうだな……。

まあ、そうなると今から俺は、ふたり分の夕食だけを作ればいいらしい。

ご飯は昼に亜季子《あきこ》さんが炊いておいたものが炊飯器に保温状態で残っている。だから作るのはおかずだけだ。

「じゃあ、とりあえず、味噌汁《みそしる》だな」

いちばん手間と時間の掛かるものから取り掛かるのが効率的というものだ。

綾瀬さんが、味噌汁は出汁《だし》からとる主義なものだから、俺も真似《まね》をしている。鍋に水を張り、手のひらサイズに切った昆布《こんぶ》を沈める。これで、三十分放置。

その間に、何を作るか決めよう。

ふたたび冷蔵庫を覗《のぞ》き込《こ》む。

「卵……くらいか。となると」

頭のなかを様々な卵料理が駆け巡る。駆け巡るだけで作れないが。技術が追いつかない。俺が作れる卵料理と言えば――。

「目玉焼き？」

もしくはゆで卵。

もういいや。目玉焼きで行こう。

卵2個を冷蔵庫から出して皿の上に置いておく。テーブルの上にそのまま置いて、転がって割ってしまって以来、平たい場所に卵を置くことの危険性は学習済だった。

ついでに野菜を出してひと口大に切ると、電子レンジ対応の耐熱ケースに入れ、水を足してラップをした。

これで三分ほど加熱して様子を見る。足りなければ時間を追加すればいい。

硬いと食べにくいにんじんを箸《はし》で突いて様子を見た。すんなり箸の先が通ればＯＫだ。取り出して大皿にあけておいた。分けるのは後でもできる。ドレッシングも食べるときにかければ充分。

さて、味噌汁に戻ろう。ＩＨのスイッチを入れて加熱を始める。

顔が隠れるほど大きなパック袋から鷲掴《わしづか》みしたかつお節を取りだして沸騰直前まで昆布の入っていた鍋に放り込む。

これで出汁《だし》が取れるわけだ。

出汁を取っている間にできることは……と。

「あ……。具をなにも用意してないや」

手順をひとつミスった。

しかし、こういう場合の対処法も俺はもう覚えているのだ。

冷蔵庫の下の冷凍室から取り出したのは——。

冷凍きざみネギ〜！

どこかのアニメの青いロボットのような声が脳裏をよぎる。ひとり暮らしをすると独り言が多くなると言うが……。まだ脳内再生だから大丈夫だ。そういえば綾瀬《あやせ》さんは高校を卒業したらひとり暮らしをすると言ってたような気がするが、そうしたらどんな独り言を口にするんだろう。

綾瀬さんが作り置いてくれていた、すでに刻まれて冷凍されていたネギをタッパーから取り分ける。豆腐も油揚げもないがシンプルイズベストで行こう。

「そろそろか」

出汁を取りきった鍋の中身を網杓子《じゃくし》で掬《すく》って取りだす。これで出汁は完成。

ネギを入れてから、ひと煮立ち。そこから弱火にして味噌《みそ》を入れる。味噌を入れてからは沸騰させないよう気をつけること、と。

スイッチを切って、これで味噌汁はよし。

最後に目玉焼きだ。

フライパンを扱っているうちに、いつの間にか額に汗をかいていた。

9月も始まったばかりだからまだ気温が高くて、火を使っていると暑くなってくる。クーラーをやや強めにした。

ふたりぶんの目玉焼きを完成。今日はいいできだ。なんといっても最後まで黄身《きみ》がつぶれなかった。

綾瀬さんのぶんの目玉焼きにはラップをかけておこう。

蒸し野菜のサラダも同じようにして……。

もうすぐ帰ってくるだろうから待っていてもいいけれど、今は綾瀬さんとできるだけ顔を合わせたくなかった。距離を取ったほうがいい。そうすれば俺のこの感情も、多少は落ち着かせることができるはずだ。

付箋紙に、さて何と書いておこうかとペンを持ったところで、いやまてと、俺は考えなおした。実のところ料理をしながらも、ずっと考えていた。

三者面談のことだ。

親父《おやじ》がやたらと忙しいことに気づいていなかったのも情けないかぎりだが、俺と綾瀬さんの学校での過ごしやすさのために、亜季子《あきこ》さんひとりに負担をかけるのはどうなんだろう？

もちろんこれは俺だけで決めていいことじゃない。綾瀬《あやせ》さんと相談するべきだ。

俺は、いつものように部屋に籠ることをやめて彼女の帰りを待つことにした。

携帯を眺めていれば無限に時間をつぶせるのは良いことなのかどうなのか。

読まずに溜《た》まっていた電子書籍を消化していると、二冊目に入ったところで玄関の扉が開く音がした。

小さな「ただいま」の声。綾瀬さんだ。俺や親父《おやじ》が寝ている可能性も考えて、声のボリュームを落としたのだろう。まあ、親父はまだ残業で帰っていないわけだが。

リビングに入ってきた綾瀬さんが驚いた顔になる。

「まだ、食べてなかったの？」

「ああ。まだなんだ。綾瀬さんもこれからだよね？　あのさ。夕飯、久しぶりに一緒に食べない？」

綾瀬さんが頷《うなず》いた。

「ちょうどよかった。実は相談しようと思ってたことがあったの。あのね……」

俺と綾瀬さんはちょっとだけ口籠ってから、ふたり同時に口を開く。

「『三者面談なんだけど』」

　ふたり同時にそう言って、思わず視線を合わせてしまった。あまりのタイミングの良さにお互い笑ってしまう。

　なんだ、綾瀬さんもやはり気になっていたんだ。

「食べながら話そうか」

「わかった。荷物、置いてくる」

　綾瀬さんが着替えてくる間に、俺は味噌汁《みそしる》と目玉焼きを温め、食事の用意を済ませた。

　ふたりとも食卓に着くと「いただきます」を言ってから箸《はし》をつける。

　実のところ料理を作るようになってから、この瞬間がいちばん緊張する。気になって相手がひと口食べるまでつい見つめてしまう。

「ん。おいしい」

　目玉焼きを食べながら綾瀬さんが言った。

「そうか。よかった」

「きれいにできてるし。上手《うま》くなったよね。こっちだけ半熟なのは、私のため？」

「固焼きだと食べづらそうだったなって」

　綾瀬さんと亜季子《あきこ》さんは目玉焼きを塩胡椒《しおこしょう》で食べるひとで、俺と親父は醤油《しょうゆ》派だった。

C'est la Vie

好みの差がわかって以来、ずっと味付けは個人に任されていて、テーブルの中央にはまるでファミレスのように調味料ラックが置いてある。だから、目玉焼きを作るときに塩を振ったり胡椒《こしょう》をかけたりしなかったわけだ。

それで味付けの問題は解決したわけだけれど、食の好みというのは実はもっと細かい。しばらく観察していると、綾瀬《あやせ》さんは目玉焼きの黄身《きみ》が半熟のほうが好きらしいと気づいた。固焼きだと、食べているときに味噌汁《みそしる》なりスープなりを同時に食べている。

それで気づいた。俺や親父《おやじ》は醤油《しょうゆ》をかけるからパサパサした黄身でも食べられるけれど、塩胡椒だけだと固焼きの黄身では口のなかの水分をぜんぶ持っていかれてしまう。

「ほんとうによく見てるよね……」

「その観察力を冷蔵庫の中には応用できないあたり情けなくて申し訳ない。何もないと気づいてれば帰りにスーパーに寄れたんだけど。とりあえず、青ネギを散らしただけに」

「あ、言っておかなかった」

「いや、確認しておかなかった俺が悪い。今日は綾瀬さんがバイトだと知ってたのにさ」

「でも私が」

「いや俺が――って……」

顔を合わせて互いに苦笑い。

「まあ、それで三者面談の話なんだけど」

俺は本題を切りだした。

「俺たちが兄妹《きょうだい》だと知られたら色々と面倒だ、というのは俺たちの都合でしかない」

綾瀬《あやせ》さんが頷《うなず》く。

「だから、亜季子《あきこ》さんに負担をかけるのは違うと思うんだ。亜季子さんの時間を二日も押さえてもらうのは申し訳ないと思う」

「私も、勝手かなって思ってた」

「俺としては綾瀬さんと兄妹だと知られても問題はないんだ。でも、これは俺だけの問題じゃないから」

またも綾瀬さんが頷く。

「だからちゃんと綾瀬さんと相談したかった」

「私も同じ。私だけが割り切ればいいって話でもないし。でも、私はお母さんが働きすぎて体を壊しそうになったことも知ってる」

そんなことが……。

「じゃあ、なおさらだ。俺も親父《おやじ》や亜季子さんに無理をしてほしくないと思っている」

「うん。それなら決まりだね」

綾瀬さんが言って、今度は俺が首肯する。やはり俺たち二人の考え方はどこか似通っているのだな、とあらためて感じた。

「親父が忙しくて来れなくて亜季子さんが来るつもりなら、俺たちの三者面談の日付を合わせよう。そうすれば亜季子さんは一回だけ学校に来れば済む」

「賛成。それに――」

綾瀬さんはささやくように言う。

「――大変っていうだけじゃなくて。それ以外の意味でも、お母さんに、私と兄さん、二人の三者面談に来てほしい」

その声は小さくて、俺に聞かせたかったのか、それとも思わず口から零《こぼ》れてしまっただけなのかわからなかった。

「じゃ、私からお母さんには言っておくね」

「俺も一緒に居たほうが良ければいつでも言ってほしい」

「わかった」

話が終わる頃には俺たちは夕食も食べ終わっていた。

綾瀬さんが食器を掴《つか》んで立ち上がろうとしたので、俺は慌てて止める。

「バイト行ってきて疲れてるだろうから俺がやるよ」

「それじゃあ二人でやろうか」

綾瀬さんが微笑《ほほえ》みながら言った。

流しに二人並んで立って洗い物をするというのも随分と久しぶりの気がした。

他愛《たあい》ない会話をしながら二人分の食器を洗う。量も少ないので食洗器を使うまでもなかったし、なんとなくそうしたい気分だった、俺は。あるいは、綾瀬《あやせ》さんも?

学校での出来事や、最近読んでいる本の話、ネットで見つけた動画を教えあったりしているとあっという間に洗い物は終わってしまった。

綾瀬さんは最後のお皿を丁寧に洗い終わると、そそくさと自分の部屋に籠ってしまった。

ほんの刹那、小さじ一杯ぶん程度の幸せな時間。

「でも、これでいい」

世の中には、些細《ささい》なことから仲が悪くなってしまった兄弟だって疎遠になってしまった姉妹だっているはずなのだから。

二人で家事を一緒にできるだけでも喜ばしいことにちがいない。それで満足するべきなんだ。俺はむりやりそう自分に言い聞かせる。

子どものいる同士で結婚すると決めたときには俺たちの事情を考えたこともあったろう。多感な高校生の男女がいきなり同居なんて嫌がるのではないか、とかさ。

親父《おやじ》と亜季子《あきこ》さんは俺たちに仲良くしてほしいと願っているはずだ。

その願いは裏切りたくなかった。だから俺のこの気持ちは抑えなくちゃ……蓋をして閉じ込めなくちゃいけない。

綾瀬さんは義理の妹——義妹《ぎまい》なのだから。

●9月3日（木曜日）　綾瀬沙季《さき》

放課後のチャイムが鳴る。

私は鞄《かばん》を掴《つか》むと教室を出ようとした。

「沙季！」

声に足を止める。止めるだけで振り返りもせずため息ひとつ。

振り返らなくても声の主はわかるし、振り返ると足止めされることはわかっていた。

わかってはいたけど……。まあ、仕方ない。

「なに？」

「もう！　ムシはよくないぞ！」

「無視してないでしょ。ちゃんと止まったし。で、用件は？」

「おお、せっかちだー。慌てない慌てない。これだから今の若者は。生き急ぎすぎだよ！」

まったくもうと腕を組んで歩いてくるのだけれど、そう言っている真綾《まあや》だって現代を生きる女子高生だと思うのだけど。

真綾——奈良坂《ならさか》真綾は私のほぼ唯一の友人だった。

私は大仰にため息をついてみせた。

「はあ。で、なに？」

真綾《まあや》の後ろに幾人かのクラスメイトたちが付いてきている。興味のないクラスメイトたちの顔や名前などいちいち覚えていない私でも何人かは見分けがついた。夏休みに一緒にプールに行った人たちだったのだ。

真綾を入れて彼らは男女合わせて七人くらいで、ひとりの男の子が口を開く。

「これから皆でカラオケに行くんだけど、どうかな」

このひと、誰だっけ？

真綾に視線を向けると、彼女は手の中にもっていた細長いチケットのようなものをひらひらと振ってみせた。

「割引券が手に入ったんだよねー」

なるほど。

「ええと……」

「カラオケは趣味じゃない？」

以前の私なら、「そうね」とあっさり切っていた気もする。

けれど……。

真綾の後ろにいる人たちの顔を見てみると、彼ら彼女らが不安そうな顔をしており、それと同時にちょっとした期待感も持ってくれているのを感じてしまう。

「誘ってくれてありがとう。でも今日は家の用事で急いで帰らないとだから、ごめんね」

まさか自分がこんな社交辞令を言うなんて、と自分でも驚く。しかも笑顔を添えてだ。それでも、あの夏の日の楽しい思い出を壊すようなことはしたくなかった。私は別に嫌われたいわけでも、他人を不快にしたいわけでもない。

「じゃ」

小さく頭を下げてから、鞄《かばん》を抱えて教室を出た。

背後からクラスメイトたちの呆気《あっけ》にとられた声が聞こえてくる。何をそんなに急いでいるんだと。「残念だったたな、新庄《しんじょう》」という声も。ああそうか、新庄だ。たしかそんな名前だった。下の名前までは覚えてないけど。

早足で廊下を進み、下駄箱《げたばこ》で靴に履き替える。今日は急いで帰らなくちゃいけない。

——お母さんが出勤する前に。

渋谷《しぶや》の大通りは平日の午後四時台であっても混み合う。

学校を飛び出し家へと急ぐ私を、歩道いっぱいに広がって歩く人々が邪魔してくる。ストレスだけれど、しょうがない。それに渋谷の中心街を駆け抜けるなんてことが不可能なのはわかっていた。母親が渋谷でずっと働いているのだから、私にとってこの街は庭のようなものだ。

大通りから逸《そ》れて住宅街の狭い道へ。そこでようやく小走り程度で歩くことができるようになった。

角を曲がると、にょきりと聳《そび》え立《た》つ自宅のマンションが見えてきた。

そう、もうあそこが私たち――私とお母さんの自宅なんだ。

「なんか、不思議」

5月まではちがう道を歩いていた。

6月の始まりの頃にあのマンションにお母さんとともに越してきて、だから今歩いているこの通学路も四か月ほどしか歩いていない。たった四か月。まだ裏道も覚えていないし、寄り道できる店も把握できていない。

同じ渋谷《しぶや》にはちがいないのに。学校に近くなればなるほど、馴染《なじ》んだ看板も見知った店も増えていくのに。

それなのに、私の身の周りはとても変化してしまった。マンション近くのこの見慣れない風景と同じくらい。

昔はもっと何もかもがシンプルだった気がする。

私は自分を取り巻く環境に対してかなり絶望していたんだと思う。だから、その状況を変えようとした。繁華街のお酒を出す店で働き自分を育ててくれた母を尊敬していて、母を非難する者たちを見返す為《ため》に必死だった。

母に注がれる周囲の視線がどんなものかは身に染みて感じていたし、それを跳ね返すためには勉強ができるだけではダメだということも理解していた。

マンション一階のエントランスを通過。暗証番号を入力して自動ドアを開け、管理人室の前を通り過ぎてエレベーターへ。

ああ、郵便受けを覗《のぞ》くのを忘れた。まあ、後でいいか。

三階に到着。あと少しだ。急いだから息が切れていたし、汗をかいた体が気持ち悪い。制服の袖が腕にまとわりつく感触ったら最悪だ。果たしてバイトに出る前にシャワーを浴びる時間が取れるかな、なんて考えながら扉に鍵を差し込んで捻《ひね》る。

「ただいまっ」

声を放ってから気づいた。まだ母の外出用の靴が置いてあった。

リビングに入ると、化粧もして出勤準備万端のお母さんがいた。

「お帰りなさい」

「まだ、だいじょうぶ？」

「ええ。ちゃんと連絡を入れてあるから、そんなに焦らなくても平気よ」

「なあんだ……」

言いながら椅子へとへたり込む。厳しい残暑の陽《ひ》ざしを浴びながら早足で駆けてきた疲れがどっと出てしまう。はあああああ。間に合ったあああああ。

そう、私が急いで帰ろうとしたのは、母に大事な話があると言われていたからだった。

三者面談について。

三者面談の進路調査のプリントをもらったのが午前中で、私はすぐに母に内容をLINEで伝えた。忙しい母のスケジュールを調整してもらうためだ。そのあと休み時間を利用して母とメッセージのやりとりをしたのだけれど、それで終わると思っていたら、最後に「大事な話があるの」と言われてしまったというわけ。

ちょっと焦った。だから急いで帰ってきたのだけれど、目の前の母の相変わらずの呑気《のんき》な顔を見ると、そこまで深刻な話でもないのかな？

「無理に顔を合わせなくても。LINEでもいいのに」

「お母さん古い人間だから。文字だと微妙なニュアンスが伝わらなそうで、不安になっちゃうのよねー」

「あ、うん……なる、ほど？」

なんとなくわかった。

たしかにお母さんにはそういうところがある。たぶん、バーテンダーとして評判が良いということはつまり顔を突き合わせて話すほうが得意ということなのだ。それゆえに、私たちSNS世代と比べて文字だけで済ませてしまうことに不安があるのかもしれない。

「わかった。ちゃんと話を聞く。でもちょっと待って」

私は自分の部屋に飛び込むとベッドに鞄《かばん》を放り投げ、代わりにバイトに持っていくスポーツバッグを掴《つか》んでリビングに戻った。

「準備できたよ。大事な話ってなに？」

「ええとね……」

珍しくお母さんが言《い》い淀《よど》んだ。ちょっと言いにくそう。

「悠太《ゆうた》君とは学校でどう？」

心臓がどきりと跳ねた。

「どう、って……？」

「あなた、最近、家だと悠太君のこと、『兄さん』って呼んでいるじゃない？」

「そうだけど」

「学校ではどうなのかなって」

え……。

心臓の鼓動がより激しくなったけど、顔に出していないことには自信があった。私はポーカーフェイスは得意なのだ。

「それは——だって、クラスも違うし」

だからそもそも顔を合わせてない。

ただ周りには変に噂《うわさ》されてもお互い面倒だから、仮に学校で会っても「兄さん」とは呼ばないかもしれない……そこは実際に会ってみないとわからない。

そんなふうに話した。

嘘《うそ》も入っている。

クラスが隣だから、体育の授業では女子同士・男子同士が一緒になる。授業の時間が同時ということは、同時に校庭や体育館を使うこともあるということで、気をつけていないとばったり遭ってしまうことだってありえる。

というか、あった。絶対、顔を合わせないようにしてたけど。

「だから、特に何も変わってないけど」

「変わってないということは、ふたりが兄と妹だって、まだ学校のみんなは知らないっていうこと？」

「そうだと思う。別に言いまわってないし」

真綾《まあや》だけは知っているけど。

「じゃあ、困るかしらね」

「困るって？　私の三者面談の話じゃなかったの？」

「ええとね。実は太一《たいち》さん、今すごく忙しいの」

「そうなんだ」

お母さんの話によると、三者面談に来るためにはお義父《とう》さんは無理をしないといけないらしい。

無理はさせたくない。だから、お母さんは二人分行こうと思っている。そして、それならば私と浅村《あさむら》くんの面談を同じ日にまとめてしまったほうが、休みを一日取るだけでいいので都合がいい。

「うちは小さなバーだから。そんなに何日も休みたくないのよね」

お母さんの勤め先は、スタッフは店長と母、あとあまり出勤しない店員が一人。だから、なるべく店を空けないであげたい。そういう話だった。

「けれど、同じ日にハシゴしてたら他の子にバレちゃうわよねぇ。困るでしょ？」

バレちゃう……私が浅村くんの義妹《ぎまい》だとみんなに。

それは——でも。

本当に「困る」ことなんだろうか。だって、私と浅村くんは兄と妹なんだ。

兄と妹でなければいけないんだ。

「っていうのは、べつにどうでもいいのだけれどね」

「えっ？」

伏せていた顔を思わずあげてお母さんの顔を見てしまう。

「ただ、母親としてまだ認められてない気がして、ちょっと寂しいのよね」

あ、と心の中で声をあげてしまった。

そうか。そういうことなんだ。私と浅村くんの母親が同じひとだとバレるのを私たちが嫌がるということは……。

どうして私は自分の都合だけを考えていたのだろう。

ちょっと困ったように眉をさげてお母さんは微笑《ほほえ》んでいる。決してつらそうな顔なんてしていないけれど……。お母さんは浅村《あさむら》くんにとっても「良き母親」であろうと頑張っている。

私は、そこに引け目を感じさせたくない。だったら――。

お母さん私、と言いかけて、私の声は喉の奥で止まる。

ドアを開ける音がして、浅村くんの声が聞こえた。

リビングの扉が開く。

浅村くんが入ってきて、私の喉は機械的に声を発生させていた。

「おかえり、兄さん」

「ただいま、綾瀬《あやせ》さん」

すこし間を置いてから浅村くんはいつものように「綾瀬さん」と言った。浅村くんはまだ私への呼び方を変えていない。まあ、兄を「兄さん」と呼ぶことはあっても、妹を「妹さん」と呼ぶ人は見たことがないから、そのままでも不思議はないのだけれど。

でも、「綾瀬」は浅村くんにとっては他人の名だ。

「なんの話をしてたの……?」

浅村くんが母と私の顔を交互に見てからテーブルの上のプリントに気づいた。

「ああ」

「兄さんももらってきたでしょ、進路調査」

「ちょうどよかったわ」

お母さんが浅村くんを見て言った。

「なんですか？」

「悠太《ゆうた》くんの三者面談をどうしようか、太一《たいち》さんとも相談してたのよ」

そして、お母さんは浅村くんに私に話したのと同じ話を繰り返した。母はどうやって浅村くんを説得するのだろうと思って、私は口を挟まずに聞いていた。

けれど、母が浅村くんに言った言葉は――。

「だからね、考えたの。沙季《さき》と悠太くんで三者面談の日程をずらせばなんとかなるんじゃないかなって」

「「えっ⁉」」

思わず声に出てしまった。

さらりと、まるで最初からそう考えていたかのようにお母さんは言ったのだけれど。

だって、それじゃお母さん、大変なんでしょう？

私の感じたその気持ちを、浅村くんも感じたようだった。

「忙しいのは親父《おやじ》だけじゃないですよね。バーの仕事は夜ですし。そもそも昼に学校に出てくるだけでも大変なんじゃ……」

そう。そうなんだ。浅村《あさむら》くんの言うとおりだ。

なのに母は明るく大丈夫だと言って微笑《ほほえ》んだ。そして、時間が来たからとバッグを手にして出勤してしまった。

「あんなに走ってだいじょうぶかな」

「ほんと。転ばないといいんだけど」

どうしよう。

なんでお母さんは最初に私に言ったように同じ日にしたいって言わなかったんだろう。

混乱していた。

いま、ここにいたらだめだ。混乱したまま、浅村くんを頼ってしまう。ポーカーフェイスが保てなくなりそうだった。

私はとっさに自分のスポーツバッグを掴《つか》む。

「あれ？　綾瀬《あやせ》さんも？」

振り返って私を見た浅村くんが言った。

「そろそろ、バイトの時間だから」

「そうか。……行ってらっしゃい」

「ん。行ってきます、兄さん」

私の受け答えはもう自動的だ。習慣のように呼び続けてきたおかげで、意識しないでもするりと言葉が喉を通り抜けてくれる。

けれども頭の中ではお母さんの顔が浮かんでいて離れない。浅村くんが帰ってくるまで寂しそうな顔をしていたのに、お母さんは、そんな気配をまるで感じさせなかった。

ポーカーフェイスが得意なのだ。

お母さん、浅村くんに気を遣わせたくないって思ってる。兄妹《きょうだい》バレを嫌がっている雰囲気を私たちは知らずに出していたのだろう。私たちの三者面談日をまとめることを諦めた。

これ、きっと正解だよね。

バイト先の書店に着いて作業をしながらも、私はずっと考えていた。

どうしたらいいんだろう。どうするのが正解なんだろう。

「ねえ、店員さん」

棚の整理をしていて掛けられた声に振り返る。ベビーカーを押しているお母さんが大判の育児雑誌を抱えていた。

「はい。どうかいたしましたか？」

「この雑誌、もう先月号って残ってないかしらね？　買い逃しちゃったの」

月刊誌は次の号が入ってくる前に売れ残りは返品している。

「残念ながら……。あの、お取り寄せしてみましょうか？」

発売直後の今なら、取次か、もしくは出版社に残ってるのではないだろうか。私は確信が持てないながらも、そう返した。

「いえ、いいの。ちょっと読みたかった記事があったのだけど。ありがとうね、お姉さん」

「あ、いえ」

「じゃ、こちらを買っていくことにするわ」

そう言って今月号を抱えたままレジへと行こうとした。とっさに「お持ちします」と雑誌を受け取ってレジへと誘導する。ベビーカーを押しながら大判雑誌を抱えるのは大変そうだったから。

レジでの精算を済ませると、そのひとは私のほうを振り返ってお辞儀をしてから店を出て行った。私はふたたび仕事に戻った。

考えていたことを整理する。そして私は気持ちを固めた。やっぱり、このまま母に寂しい思いをさせたくない。

帰ったらちゃんと浅村《あさむら》くんと話し合おう。

決心したら、なんだかすっとつっかえていた何かが取れた気がした。彼に対する曖昧な感情を整理するために最近はなるべく距離を置いていたから、ちゃんと話すのも久しぶりだなと感じる。

バイトが終わって帰宅。ドアを静かに開ける。ただいまと小さく言う。夜も遅いこの時間だもの、きっと浅村くんはもう寝室にいるだろう。彼の部屋はリビングへと続く扉の手前にある。部屋の扉をノックした。

返事がない。寝ちゃったか、お風呂にでも入ってるのかな、と思いながらリビングに入る。

浅村くんがいた。

テーブルには手をつけた様子のない夕食がそのまま残っていた。

戸惑いながらもそう言うと、浅村くんは一緒に食べようと言ってきた。彼がどういう気持ちでそんなことを言いだしたのかわからなかったけれど、私には都合がいい。話し合いたいと思っていたのだから。

「「三者面談なんだけど」」

声を揃《そろ》えて言っていた。

もしかして、同じことを考えていた？　でも、おかげでほっとしてしまう。

私と浅村くんは夕食を共に食べながら話し合うことにして……。

三者面談のことになって浅村くんが語り始めたことは、私が一日悩んでいたこととほとんど同じで。

「だから、亜季子《あきこ》さんに負担をかけるのは違うと思うんだ」

ずるい、ずるいよ、浅村《あさむら》くん。

――せっかく気持ちを消そうとしてたのに、こんな些細《ささい》なことで心を揺さぶってくるんだから。

お母さんの大変さを彼が思いやってくれたことが私は純粋に嬉《うれ》しかった。

「――大変っていうだけじゃなくて。それ以外の意味でも、お母さんに、私と兄さん、二人の三者面談に来てほしい」

あんなに一生懸命に浅村くんのお母さんになろうとしているのだから。

私たちは、学校で兄妹《きょうだい》関係がバレても構わない、と互いに同意を得た。

これは私たちふたりの共同宣言だ。

●9月4日（金曜日）　浅村悠太《ゆうた》

早めに起きてきた男ふたりで朝食の席に着いた途端に親父《おやじ》が言い出した。

「亜季子さんと一緒に考えてたんだけどね」

「一緒に？」

俺は親父の茶碗《ちゃわん》にご飯をよそいながら首をかしげる。はて。このすれちがいの多い夫婦がどこでどうやって「一緒に」なのかと思ったのだ。

話を聞けば、俺とのスマホでのメッセージのやりとりは億劫《おっくう》がるくせに、亜季子さんとはＬＩＮＥでこまめに会話しているというのだから、親父も変わったものだと思う。

それはともかくとして。

「やはり僕も会社を休むよ。悠太のほうの三者面談には僕が行く。確かに、いま会社は大事な時期だけど亜季子さんだけに背負わせるのは違うからね」

「いや、親父。それなんだけどさ」

俺は昨日の夜に綾瀬《あやせ》さんと話したことを踏まえ、俺と綾瀬さんの面談日を合わせるので、亜季子さんには一日だけ休んでもらえば済むからと伝える。

だから親父は仕事を休まなくとも大丈夫だと。

「えっ、本当にいいのかい？」

俺は頷《うなず》いた。

「これは綾瀬《あやせ》さんとも話しあってのことだから、俺が勝手に言っているわけじゃない。あんまり親父《おやじ》たちを振り回したくないし。俺と綾瀬さんが兄妹《きょうだい》だって事実を、ひた隠しにするほうが不自然だから」

そう伝えたときの親父は、俺の記憶にないほど嬉《うれ》しそうな顔をしてみせた。

「亜季子《あきこ》さんもきっとそのほうが喜ぶよ」

そして親父はぽつぽつと亜季子さんが話したことを教えてくれた。亜季子さんはできるかぎり俺の母親であろうとしていると。

俺としては、子どものときならばいざ知らず、さすがに十六にもなると、親の再婚は、親父に嫁ができたとは考えるが、新しい母親ができた、とは思わない。

それは親父も亜季子さんも感じてはいるようで、親父は「でもね」と付け足す。

それでも亜季子さんが母たらんと願うのは、保護をする者でありたいわけではないと。

「亜季子さんは言ったんだよ。家族でありたい、と。それはなれるはずだと。そうでなければ僕と結婚したことで結んだ『縁』がもったいない、とね」

縁……か。

言われて俺は理解した。亜季子さんは、俺を保護しなければならない役割を振られたから母になりたいと言っているのではない。

立場から言えば、義理の母と息子なのだけれど、そういうことではなくて、親父と亜季子さん、綾瀬さん、そして俺の四人がたまたま、今のこの時間と空間を共有していることを大切にしたいと言っている。

「だから、亜季子さんは悠太《ゆうた》が家族として認めてくれたと知ったら、とても喜ぶと思うよ」

すこし罪悪感があった。

俺はそこまで考えていたわけじゃないから。

「おはよう、お義父《とう》さん、兄さん」

リビングに綾瀬さんが入ってきた。

「ああ、おはよう、沙季《さき》ちゃん」

「綾瀬さん、ご飯はどうする？」

すこし遅めに起きてきたから念のために訊《き》く。綾瀬さんはいつもなら俺よりも早く登校するのだから、食べないと言うかもしれない。

「あ、ごめん。用意させちゃったね。あとは私がやるから」

「いや、俺たちも今起きてきたところだから。席に着いていいよ。ほら、お味噌汁《みそしる》……とご飯とお箸《はし》」

「ごめ……ありがとう、兄さん」

「どういたしまして。でも、結構ゆっくりだけれど、寝坊した？」

まさかと思いつつ訊《き》いたら、綾瀬《あやせ》さんは席に座りながら手にしていたスマホをひっくり返して画面を向けてきた。見てくれ、ということだろうか？

「……LINE？」

「お母さん、あと二時間くらいしたら帰るって。それで昨日の続きなんだけど」

ああ、と納得する。

綾瀬さんは昨日、俺と話した内容を亜季子《あきこ》さんにメッセージしておくと言っていた。それで朝になって返信がきたんだろう。そのあと数度、メッセージのやりとりをしていたようで、だから遅くなったと。

「お母さん、喜んでた」

「だろう？」

親父《おやじ》が嬉《うれ》しそうに言って、俺はまた小さな胸の痛みを感じる。

「それで、三者面談の日。お母さんの希望なんだけど」

「何日がいいって？」

親父が念のためだろう、尋ねた。

「できれば、だけど。9月25日」

「25日……金曜日か」

俺はカレンダーを確認して言った。

「だめ、かな」

「いや全然。その日が亜季子さんの都合のいい日なら、希望日を25日で提出してみよう。それで、綾瀬さん――」

三者面談の日付を俺と綾瀬さんで揃《そろ》えるためには両方の担任にあらかじめ理由を説明しておく必要がある。母が何度も休暇を取れないため、できるかぎりこの日付でお願いします、と。どちらの担任も俺と綾瀬さんが兄妹《きょうだい》になったことを知っている。

「そうか、兄さんの言うとおりだね」

「これが同じクラスだったら、俺が言っておくだけで済んだんだけどね」

「大丈夫。私もできる」

ご飯を食べながら綾瀬さんは任せてほしいと言った。ちょっと前までの綾瀬さんはこういうことをあまり得意としてないようだったけれど、なんだかすこし変わったかな。

そして、朝食を食べ終わると、洗い物を済ませて、結局いつもどおりの時間に家を出ていった。

次に親父が出勤し、最後に俺も家を出る。

登校中、仰ぎ見る空は青く、風が昨日よりも暑くなく感じられた。

家族になろうとしている亜季子さん。綾瀬さんが親父を「お義父《とう》さん」と呼ぶように、俺も亜季子さんを「お義母《かあ》さん」と呼んだほうが良いんだろうか。母として認めるかどうかとか、そんなことじゃなくて、家族であるために。

綾瀬《あやせ》さんはだから俺を「兄さん」と呼ぶのだろうか。

学校の門が見えてきて、俺はぐるぐる回る思考をとりあえず打ち切った。


始業5分前。

予鈴の音とともに、後ろの扉が開いて丸《まる》が入ってきた。

朝練がある者たちはどうしても始業ぎりぎりに教室へとたどりつく。野球部の丸だけではない。運動部の奴《やつ》らが三々五々教室に集まってくる。丸は俺の前の席に座ると、なにかを思い出したような顔で、俺のほうに体を半身にした。

「なあ、浅村《あさむら》よ。そういえばなんだが」

「ん?」

「やはり夏休みに、奈良坂《ならさか》たちとプールに行ったんだな」

「え……と、まあ。そうだけど」

「綾瀬と良い雰囲気だったという噂《うわさ》を耳にしてるぞ」

「良い雰囲気って」

「もちろん噂は噂だ。だが、この頃の綾瀬を見ていると、あながち否定できなくてそれもアリかと思ってな」

何が「アリ」なんだ、何が。

「で、実際のところどうなんだ、綾瀬とは」

問われて、俺は困った。

だからすぐには言い返せずに、なんでいきなりそんなことを、と問いに問いを返すという応えに窮した奴のお約束な行動をとってしまった。

「友人の恋バナには共有を迫るのが正しい恋愛ゲームの友人キャラのスタンスだと思わないか？」

「現実と空想の区別は付けるべきかな」

「ふむ。正直なところを言えば、俺の耳にこの噂が入ってきたのはつい先ほどでな。そもそも裏取りもクソもない話なんだ」

ということは野球部内で噂になっているってことか。俺と、その、綾瀬さんが良い雰囲気だったと。

なぜだろうな。俺が綾瀬さんへの感情を意識したのが夏休みのプールのときで、同時に、この感情をどうにかして捨てなければならないと思ったのもあのときだ。だって、綾瀬さんは俺の妹で、そうであることを期待されているからだ。

忘れよう、捨てようこの想《おも》い、って。なのにどういうわけか、周りはまるで俺の感情を見抜いたかのようにあの夏の思い出をまとわりつかせてくる。

どうしようか、と考えながら授業の用意を始め、鞄《かばん》を開けたとたんに提出するプリントが目に入る。それで思い出した。

綾瀬《あやせ》さんと俺は話し合って決めたんだっけ。

学校で、兄妹《きょうだい》関係がバレてしまってもいい、と。

「あのさ」

それでも小声になってしまう。必要もない人にまで聞かせるような話題でもない。

丸《まる》がこちらに身を寄せた。小声になったことで、俺が言いにくいことを言おうとしていると気づいたのだろう。さすが親友。

「実は俺と綾瀬さんの関係なんだけど――」

と切り出し、俺は親の再婚で綾瀬さんとは義理の兄妹になったと白状する。もう隠すのはやめることにしたのだと。かと言ってべつに吹聴《ふいちょう》してほしいわけでもない。お前だから信用して話したのだと俺は言い、丸は「当然だ」と断言する。

「俺はそういうデリケートな話を吹聴してまわるような人間ではない」

「助かるよ」

「しかし、これで色々と納得した」

「ん？　なにが？」

丸は何か腑《ふ》に落ちたようだった。

「お前がいきなり綾瀬のことを知りたがりだしたときは意外にもほどがあったから驚いたし、そのあとにも綾瀬には何かと執着していただろう？」

「執着……って、あのね」

「うむ。言葉が悪かったな。だが、俺はわりと真面目に心配していたのだ」

6月のあの頃は綾瀬さんには悪い噂《うわさ》もあった。綾瀬さんの見た目は派手でなぜかと言えばそれが彼女の武装だからなのだが、夜の渋谷《しぶや》で見かけたとなれば、噂に尾ひれが付くのもわからないでもない。だから、丸は俺のことを心配したわけだ。

「誤解だよ」

「そうだったようだな。すまん、それは謝ろう。すっきり納得できた。あと、綾瀬に関してもな。妹のことを悪く言ったことになるな、すまん」

「まあ。知らなかったんだからしかたないさ」

「俺はてっきりお前が綾瀬に惚《ほ》れたのだと思っていた」

その言葉に心臓の鼓動が一瞬だけ早くなる。じわりと手の中に汗をかいたのを感じた。

惚れる……好きになる……好き。

兄と妹なら、好きでも別におかしくはない、けど。

「そんなことは……」

「ああ、すまん。いらぬ詮索だったな。だが安心したぜ。ガチで惚れてたんなら、お前ではあいつらと張り合っても勝ち目はなかったろうしな。傷つく親友を見たくはねえ」

「あいつら？」

「知らんのか？　夏休み明けから綾瀬《あやせ》は変わったと評判でな」

周囲へのあたりが柔らかくなり、それまで綾瀬さんのことを不良生徒だと思って怖がっていた男子たちの間で人気がうなぎ昇りになっているらしい。孤高の存在でなくなったことで、声をかけたり、アプローチしようとする男子が増えているのだという。

当然ながら、その中にはハイスペックな男子もいる。

「とてもじゃないが我が親友ではこの競争には勝てん……と思っていたのだが、兄貴なんだったら最初からレースにも参加してないわけだよな」

「参加もなにも」

「よしよし」

丸《まる》が何かにひとりで納得していた。

俺はそんな丸を見ながら考える。確かに丸が言うように、兄と妹なのだから勝ち目も何も別に関係ない。綾瀬さんにハイスペック男子が言い寄ろうと。

妹に悪い虫が付かないよう心配するというのはフィクションの中にいる兄の行動だろう。十六歳ともなれば自分で判断すべき事であり、兄が介入するのは過干渉というものだ。実の兄でも、義理の兄でも。

そう、俺は平静に応対すべきだ。

——綾瀬さんにアプローチする男子がいるからなんだって？　関係ないじゃないか。

担任が入ってきて、朝のSHRが始まる。

そしてSHRの終わりに担任は、進路希望調査と面談の日程を提出できる人は提出してほしいと言った。綾瀬さんとの打ち合わせどおりに、俺は提出がてら他の生徒に聞こえないように小声で、家庭の事情があり、多忙な母が休みを取れるのはその日だけだから綾瀬さんと同じ日にしてほしいと言い添えておいた。

「そうか。君のところは——では、お義母《かあ》さんが来るのかね？」

「はい」

短いやりとりを済ませると、俺は席へと戻った。

放課後。

今日は書店のバイトがある日だ。

帰りのHRが終わるとすぐに鞄《かばん》をつかんだ。下駄箱《げたばこ》に上履きを放り込んだところで、賑《にぎ》やかな集団が近づいてきたのに気づく。

聞き覚えのある声がして振り返ると、真ん中にいるのが奈良坂《ならさか》さんだった。つまり、あの集団は隣のクラスのメンバーだ。奈良坂さんは、いつものごとく友だちの輪に囲まれて笑っていた。さりげなく周りの友人たちの誰も仲間外れにならないよう話を振っている。

そこに綾瀬《あやせ》さんもいた。

付かず離れずの距離でゆっくりと並んで歩いている。ときおり話題を振られて返している。

笑みを浮かべて会話している綾瀬さんを見て、俺はとっさに靴を掴《つか》んで下駄箱《げたばこ》の陰に隠れた。そのまま見つからないように昇降口から出る。

見つかって気を遣わせるのも申し訳ないしな、と自分に言い訳をする。

綾瀬さんは笑顔だった。

あんなふうにクラスメイトたちと笑いあっているのを見るのは初めてだ。良かったな、と思う。前はクラスの中で孤立している感じだったし。

丸《まる》の言っていたとおりだった。

綾瀬さんは変わった。頑《かたく》なに人を頼らない姿勢は、ともすれば孤高を気取っていると思われがちだけれど、あれはやり方がわからないからしかたなく関わりを切っていただけなのだ。

自立するということは他人と断絶することではないと彼女は学んだ。

ひとあたりの柔らかくなった綾瀬さんが、俺の知らないひとたちと笑いあっているのを見ることに、なぜこんな複雑な気持ちを感じているのか。

自転車を漕《こ》いで駅近くの駐輪場へと着いたときには空が茜《あかね》の色に染まっていた。日が落ちるのが早い。もう9月だから、これからは一日ごとにどんどん昼が短くなっていく。

事務所に入って着替えを済ませると売り場へと出る。

さて、今日の最初の仕事は棚の整理だったな、とレジの前を通り、内にいる店長に挨拶をしつつ売り場へと向かった。

文庫の並ぶ棚を奥から順に巡る。

たいていの書店は棚を作者ごとではなく出版社ごとに並べている。同じ出版社でもレーベルが違えば別の棚に並ぶ。

そしてレーベルの中では作者名の頭文字のあいうえお順に並べてあることが多い。

例えば、このMF文庫Jというレーベルの文庫だが、背表紙の上のほうに、み－10－16なんて謎の数字が振ってある。

これは同じレーベルに「み」から始まる作家が多数いて、その中で10番目に出版した作家の16冊目の本——ということを意味している。

この数字を頼りにして、あちこち乱れている本を棚に並べなおすわけだ。

俺は今日は夜のシフトだ。この時間だと、もう新刊書の配置や在庫の調整は終わっている。新刊書のためのスペースもあけてあるようだし、純粋に乱れた本の整理だけが仕事だった。

お客さんが適当に棚に戻した本を抜いては正しい位置に入れなおす、という地味で単調な作業を続けていると、だんだん頭が真っ白になっていく気がする。いわゆる悟りの境地に入りそうな——。

「あ、後輩君。ちょうどいいところに」

振り返ると、声から予想したとおりに黒髪ロングの和風美人が積み上げた文庫本を抱えて立っていた。ユニに貼り付けてある名札を読むまでもない。

バイト先の先輩、読売栞《よみうりしおり》そのひとだった。

「なにかなー？　その微妙な顔は」

「あ、いえ。いま悟りの境地に入ろうとしていたところだったので、ちょっと」

「賢者タイムだったか」

「それ、意味がちがいませんか？」

「ほほう。では正しい意味を言ってごらんなさい」

「おっさんみたいな絡み方やめてください。セクハラで訴えますよ」

「なんと。男女平等で素晴らしいね」

感心してる場合か。

「まあまあ、そんなことはどうでもいいのだよ、後輩君。重い荷を抱えている美少女を前にして言うことは他にあるんじゃないかなぁ？」

「あ、すみません、引き取ります」

読売先輩の抱えていた文庫の山は、補充すべき本たちだ。

ＰＯＳレジの導入で、一冊売れるごとにその本の在庫があるかどうかはすぐに店側も把握できるようになっている。恐ろしいことに昭和の頃の書店は本の在庫は記憶を頼りにして管理していたそうだ。もちろん仕入れの記録は紙の時代だろうとあったろうし、棚卸しと呼ばれる作業をすれば店に残っている商品の在庫の数量を確認できるのだけれど。

現実問題として日々の棚の管理は記憶が頼りだったわけだ。

今は管理しているデータベースをチェックすればあっという間だった。

読売先輩から受け取った文庫の山はちょうど目の前に並ぶラノベの補充のようだった。

しかもよく見れば、何度もアニメ化されていて最近では多方面に進出している作家の、長く続いているシリーズだ。

「これ、なんで今こんなに売れてるんですかね。まあ、確かに面白いですが」

「後輩君も読んでるって言ってたよね」

「ええ。あれ？」

俺の記憶の蓋がこじあけられた。

「ああ、アニメが始まったのか」

「そそ。ＰＯＰも作ったし、そもそもあっちにいっぱい平置きしてるよぅ」

先輩の指し示しているほうへと俺は首を巡らせた。

文庫の棚の端、もっとも目立つところにある平台の上に表紙を見せて山積みされている本と同じものだった。売れ筋の本は背表紙しか見えない棚差しだけではなく、ああして平置きしておくものだ。

積んだ本の脇には手書きで書いたＰＯＰと呼ばれる宣伝カードが躍っている。

「あのＰＯＰ。作ったの、わたしだもーん」

「そうでしたか」

「『ちょー泣ける名作です。わたしも丼一杯泣きました！』って書いた」

「それ、誇大広告で怒られませんかね」

まあ読売《よみうり》先輩のことだから、きっとこれも何かのジョークなのだろう。あとでＰＯＰを確かめておこう。って、こうして確認しようとしている段階で、もう先輩の手のひらの上で踊らされてないか？

「あれ？　ということは……」

そこで俺は重大な事実に気づいた。

始まったばかりということは、今は9月だからつまり秋アニメということだ。それはすなわち12月までの三か月間がこのシリーズの売り時であるということであり……。

俺は補充のために先輩がもってきた文庫を手に取った。

思ったとおり、文庫には「アニメ開始」と書かれた新しい帯が巻かれている。アニメにあわせて重版をかけたときに出版社が新しい帯をつけたのだろう。そしてその帯には来月に新刊が発売されるという告知が載っていた。

「新刊、出るんだ……」

「後輩君、だいぶ疲れているんだねぇ」

いたわるような先輩の言葉に俺は「え？」と首を曲げて顔を見た。

「どういう意味ですか？」

「元気ないな、ってことだよ」

「飯はちゃんと食べてますが」

「そういう意味ではないのだよ。キミ、前は、好きな本の新刊を三か月先まで把握してたでしょ？」

本とか漫画の発売日は早ければ三か月ほど前から告知される。つまり書店員ならば知ることができる（こともある）わけだ。

「……そうですね」

「最近、元気ないね、後輩君」

「そんなこと」

「ダメダメ。先輩はお見通しだよぅ。キミが、楽しみにしているシリーズの新刊に興味を失っていたなんて大事件でしょ」

「そうですか？　そうですね」

そのとおりだった。

以前の俺ならば、お気に入りのシリーズの新刊発売日を忘れてるなんてありえなかった。

「最近、沙季《さき》ちゃんとシフトが一緒のことが少ないから寂しいのかなぁ」

うふふ、と読売《よみうり》先輩があやしい笑みを浮かべた。

「先輩、気をつけないとその笑みは人望を失う笑みですよ」

「まあまあ。お姉さんに悩みごとを話してくれたまえよ。さあさあ、心を開いてこの胸に飛び込んでごらん」

「ホントにそういうのじゃないんですってば。だいたい兄妹《きょうだい》なんですから。そういうのであるわけがないんですよ」

「そういうのって、どーゆうの？」

「寂しいとかです。妹といっしょに働けないから寂しいとかですよ。ないでしょ」

「わたしは兄がいないからなんとも言えないけど。まあそりゃそうかもねえ。でも、沙季ちゃんは義理の妹なんでしょ？」

「義理でも妹です」

言って、自分で言葉を詰まらせそうになった。

「常識的な反応でつまんないー」

「つまるつまらないで判断されても」

「ふむ。では元気のない後輩君に耳よりな情報をお知らせしよう――」

ぴっと指を一本立てて読売先輩が言う。

「今度、うちの大学でオープンキャンパスがあるからおいでよ」

「オープンキャンパスって、あれですか。大学や専門学校への入学に関心のあるひとに対して、学校のことを知ってもらおうと……」

「それそれ。キミもかわいい女子大生のお姉さんたちに囲まれたら元気出るよ」

たしかに読売先輩のような美人ＪＤに囲まれたらテンションのあがる男子は多そうだ。

俺は前にこの先輩が大学の知り合いらしき人たちと語らっているのを見たことがあるけれど、みなきれいなお姉さんだったという印象だ。

しかし、その案には致命的な問題点がある。

「先輩、女子大ですよね」

「そうだけど？」

「男子の俺がオープンキャンパスは無理でしょう」

「なんと。男女平等はどこへ行ったのか！」

女子大に男子がふつうに入学できるようになるほど時代は進んでいない。

読売《よみうり》先輩が元気のない俺のことを心配してくれているのはわかるのだけれど、このときの俺にはそれに笑顔で応えることはできなかった。自分でも何をそんなに落ち込んでいるのかと思う。落ち込むような原因などないのに。

バイトを終わらせ、俺はどこにも寄らずに帰宅した。

家に帰るとテーブルの上には夕飯とメモ。昨日は久々に一緒に夕飯を食べられたと思ったのに、今日はメモだけで、やはり綾瀬《あやせ》さんは寝室から出てくる気はないらしい。

避けられてるわけではない、よな……。

俺は綾瀬さんと顔を合わせられなかったことを残念に感じてしまい、これでは読売先輩に言った言葉が嘘《うそ》になってしまうなと思った。

心の奥で木霊が返る。

だって仕方ないだろう？

綾瀬さんは本当の兄妹《きょうだい》じゃないんだ。

●9月4日（金曜日）　綾瀬沙季《さき》

四時間目の終わりを告げる鐘が鳴り、教室内は一気にだるっとした空気へと変わる。

「ごはんだー！」

雄たけびをあげた少女を見て、私は肩をすくめる。

なんで毎日ああも元気なんだろう。

まあいいか。

「おっべんとおっべんと」

まるでスキップでもしてそうな声をあげて……え、ほんとにスキップしてる？　近づいてくる彼女——奈良坂真綾《ならさかまあや》を待っていると、私は彼女の後ろに何人かのクラスメイトがいることに気づいた。

「じゃ、綾瀬さん、あたしは食堂に行くから、使ってていいよ」

「ありがとう」

隣の席の子が財布をつかんで教室を出て行った。背中を見送ってから私はその子の机を自分のとくっつける。

鞄《かばん》から弁当を取り出した。

「沙季、今日は大人数でごめんねー」

「いいけど」

お弁当を揺らして近づいてきた真綾《まあや》のぶんの机は確保してある。けれど、男女合わせて四、五人ほどいる真綾の後ろの人たち。彼らの机はどうしたらいいんだろう。

戸惑っていたら、彼らは自分たちから周りの席に声をかけて机を確保していた。

クラスメイトたちの半分は、食堂に行ったり、部室で食べたりする。机は空くから、勝手に使ったりしなければトラブルにはならない。私はそんな億劫《おっくう》なことをしてまで一緒に誰かとお弁当を食べるのは面倒だと思ってしまう派だけれど。

それでも露骨に苦手意識を顔に出さずに済むのは、彼らのうち何人かは夏休みにプールでいっしょに遊んだ人たちだからであり、残りも最近になって会話をするようになった人たちだからだった。

あっという間に机をくっつけて島ができていた。

いただきます。

「今日のおかずはなっにかなー」

「ねえ、真綾。なんでそれで私のお弁当を覗《のぞ》き込《こ》むの？」

「おお！　卵焼き！」

「そしてなぜさりげなく箸《はし》を伸ばしているの？」

「はんぶん！　半分でいいから！」

「もう」

　私は箸で卵焼きを半分に割ると、真綾の弁当箱に放り込んだ。お返しに、だろうか。彼女が私の弁当箱に唐揚《からあ》げを転がしてくる。

「お返しにしちゃ大きすぎない？」

「いいのいいの。あ、ゆみっちのシャケもおいしそうだねぇ」

「奈良坂《ならさか》家秘伝の唐揚げと交換ならいいよー」

「取り引き成立だね！」

　そうか。唐揚げは奈良坂家秘伝だったたか。私は真綾の転がしこんできた唐揚げに口をつけてみる。べとつかないころもをさくりと噛《か》み切れば、汁気たっぷりの柔らかい鶏肉《とりにく》が口のなかでほろりとほどけた。脂身が少ないから、ももじゃなくて、むねかな。

「おいし……」

「だよねだよねー！　奈良坂さんのトコの唐揚げマジ天才」

「唐揚げを天才と褒めるなし」

　真面目くさった顔をつくって真綾が言って、まわりが笑う。私もつられて笑ってしまった。

「真綾。これ、二度揚げしてる？」

「むん？」

「あ、咥《くわ》えたまましゃべんなくていい。あとでいいからあとで」

「んん」

真綾《まあや》は唐揚《からあ》げを口に咥えたまま首を縦に振った。まったくもう。その様子を見て周りがまた笑うのだ。

面倒な友だち関係は時間の無駄だし、真綾以外はいらないと思っていたけど……。

私は、意識して新しい関係性の構築に向かおうとしていた。

箸《はし》を進める合間を縫って会話は続く。正直に言えば、彼らの会話は聞いていてもよくわからないというか、あまり興味を惹《ひ》かれない。それでも合わせて楽しそうに話を聞いてるフリをしてるうちに自然と本当に楽しい気持ちになってくる。

人間の心理って意外と単純だ。

こういう心理効果にも何か名前が付いているのだろうか。

「なあ、みんな――」

全員の注意を喚起するような言葉に私ははっと顔をあげた。

「今月、またみんなで遊ばないか?」

言い出したのは……誰だっけ? ええと……。

「おお、いいじゃん新庄《しんじょう》。どこ行く? いつ行く?」

「カラオケとかどうかな。日曜日で、皆の予定が合う日に」

ああそうか、新庄だ。

彼の提案に周りが乗ってきた。

いいね、とか。カラオケかあ、久しぶり、とか。

「沙季《さき》はどう？」

真綾にそう言って誘われて、私は躊躇《ちゅうちょ》した。どうしよう。これまでなら勉強やバイトがあるからと断るところだけど。

「ええと……」

「バイトある？　それとも勉強？」

先回りして真綾に気を回されてしまった。

「バイトは、27日なら入ってないかな。バイトない日は勉強してるけど……、けど」

「ほほう。まあ沙季はちゃんと予習復習してるもんね。ううん。どうしようか」

「そうか。それじゃあ勉強会って、どうだい？」

新庄くんがなぜか私のほうを見ながら言う。

「あー、どこかに集まって？」

「図書館？」

「あ、それならうちはどうかな？」

真綾が言った。

ざわっと周りがざわめく。それはそうだろう。いま会話をしているメンバーの数はええと六人？にもなる。けれども私は知っている。確かに真綾《まあや》の家のリビングならば、この人数でもだいじょうぶだろう。

真綾がその日は両親が弟たちを連れて出かけているから、と言った。「おいでにゃー」と猫のように手を丸めて、おいでおいでと私を誘っている。新しい関係を構築するにはこういう集まりにもすこしは出たほうがいいか……。浅村《あさむら》くん以外の人との交流が増えれば、もしかしたら彼へのいけない感情も拭い去れるかもしれない。

帰宅して、夕食と明日の朝食の下ごしらえをする。

そうだ。私はチルド室を開けると鶏肉《とりにく》を出した。唐揚《からあ》げを作っておこう。明日の朝と、余ったぶんをお弁当にもっていこう。私は昼に食べた真綾の唐揚げを思い出す。あれはおそらく低温と高温の二度揚げをしている。いつもは時間を惜しんでやっていないけれど、今日は挑戦してみよう。幸い、今日はバイトもないし。

夕食はアジの開きを焼いて、ナスと油揚げの味噌汁《みそしる》を作る。仕上げに、ちょこっとだけごま油を垂らして今日は味に変化を加えてみた。

作っている間にお義父《とう》さんが帰ってきた。帰ってくると、お義父さんはすぐにお風呂のスイッチを入れる。沸かしている間に、私が並べた夕食を食べる。

「お、この味噌汁、今日は変わった味だね」

「変、でしたか？」

「いや、美味《おい》しい。これは悠太《ゆうた》も喜びそうだ」

不意打ちのように言われ、私はポーカーフェイスを頑張って保つ。

「それは……よかったです」

「亜季子《あきこ》さんの料理にも、たまにごま油を垂らしてあって、美味しかったな。これは綾瀬《あやせ》家のレシピかい」

「……そんなところです」

味の変化をつけるためにごま油を垂らす技はお母さんに教えてもらったんだっけ。

沸いた風呂に入ると、お義父さんはさっさと寝室に入ってしまった。

私は唐揚げを揚げ終わると、バイトから帰ってくる浅村君のために付箋紙にメモを書いてテーブルに貼り付ける。

寝室に籠ると、明日の授業の予習をすることにした。

ヘッドフォンで外の世界を締め出すと、ゆるく鼓膜をゆするローファイ・ヒップホップを聴きながら教科書とノートを開いた。

明日の数学の授業は出席番号順にあてていく先生だから、私も指名される可能性が高い。

あらかじめ問題を解いておいたほうがいい。

教科書の例題を解きながらも、次の日曜日のことが頭をよぎり、夏休みのプールの思い出が巡る。

本当に彼と距離を置こうとしているなら、夕飯も作らない、メモも残さない、それが正しい態度なのかもしれない。一瞬、それは「距離を置く」というより、「断絶」を目指しているのでは、と自分でも思ってしまい、そこまでのことはしたくないと思い……。

彼を遠ざけたいわけじゃなくて。なくて。だってそんなのはきっとかつて他人だったときよりもつらい。

そう思うのは、家族としての礼儀ゆえなのか、ギブ&テイクの関係を崩す必要はないと思っているだけなのか、あるいは——。

これが自分の最後の未練の形なのか。それは自分でもわからない。

問いは一問も解けなかった。

●9月24日（木曜日）　浅村悠太《あさむらゆうた》

秋の冷たさのせいか、それとも綾瀬《あやせ》さんとの会話が減った日常に色がなさすぎるのか、9月はあっという間に時間が過ぎて、気づけばもう三者面談の前日になっていた。

昼休み。弁当のおかずをつつきながら、俺は教室の喧騒にまぎれるようにして丸《まる》に問いかける。

「たとえばの話だけど――」

「む？」

「失恋したとしてさ」

丸が顔をあげた。

「その子への感情を忘れなきゃと思っているとして、どうすればいい？」

「推論において条件設定が曖昧だと正しい答えは得られないものだぞ、浅村」

「う、ごめん？」

「まあ、いい。では、これもたとえばの話だが……その女の子がいつも顔を合わせる身近な子なのか、ネットの向こうの存在なのかで、忘れやすさは変わると思うが」

ああ、なるほど。

相手との距離、か。

「身近、かな。仮定するとしたら」

丸《まる》が弁当箱から顔をあげてちらりと俺を見た。ふたたび弁当へと視線を戻し、箸《はし》を差し入れて海苔《のり》の乗った白飯を掬《すく》いあげる。深く差し込まれた箸が掬いとるご飯の量は俺の1.5倍ほどはありそうで、さすがは運動部レギュラーだった。

丸は、しばらく咀嚼《そしやく》してからペットボトルのお茶をぐいと飲んだ。

「いろんな女と付き合ってみる——というのはどうだ？　恋愛感情ってのはそもそも定義が難しいものだしな。何かしら心動かされる出来事があったんだろうが……」

恋愛感情……と言われて、俺は一瞬固まった。気づかれてないといいがと思いつつ、俺は首をやや傾けることで話の続きを促した。

「だが、その燃えるような恋愛感情も錯覚かもしれない。他にイイ女と出会ってみたら、案外、あっさり気持ちが切り替わるかもしれんぞ」

「そんなにあっさりと変わるものかな……。っと、いやでもさ。そもそも、そんな簡単にいろんな女性と出会える環境、そうそうある？」

「浅村《あさむら》……。お前は何を見ているんだ。いいか、教室だけでも女子は20人いんだぞ。それ以外の関係性でも、周りにいくらでもいるだろ」

いくらでも、って。

「でも、それって世界の半分は女性だから出会いには不自由しないっていう常套句《じようとうく》を言い換えただけだよね？」

「だが事実だ。結局のところ、出会いがあるかないかは本人の心持ち次第ってコトだ」

「他の女性……か……」

俺はぼんやりと考える。

存在する、ということと、その女性とすれちがう他人以上の関係になれる、ということの間には大きな溝がある気がするのだけど。

しかし、友人からのありがたい託宣である。きちんと考えるべきだろう。

本人の心持ち次第か。

つまり丸の言うことはこういうことだ。

普段、俺たちは他人のことを自分に関わりのある人物だとは認識していない。他人は、つまり他人だ。綾瀬《あやせ》さんだって、彼女の母が親父《おやじ》と結婚しなければ、隣のクラスにいる見た目のちょっと派手な女子、以上には認識していなかっただろう。何かの偶然で知り合ったとしても、廊下ですれちがったときに挨拶する仲になるくらいだ。

それがたまたま義妹《ぎまい》になり、同居生活を維持するために相手のことを知る必要ができたから深く付き合うようになり、結果として彼女のことを多く知る機会ができたから、感情を揺さぶられることになった。

だったら、意識してまわりの女性たちを知るように努力してみればいい。

そうすれば深く知った結果として、綾瀬《あやせ》さんよりも俺の心を揺さぶる女性が現れるかもしれない……。

「といってもね」

「誰でも、というのが思い浮かべにくければ、その人物にとって身近な人物から攻めていくのがよいだろうな。攻略情報の多いところから攻めるのがセオリーだ」

「なんの話？」

「一般論だ」

どこの界隈《かいわい》の一般論なのやら。

しかしなるほど。身近な他人、ね。俺の場合だとたとえば……。

『まあまあ。お姉さんに悩みごとを話してくれたまえよ。さあさあ、心を開いてこの胸に飛び込んでごらん』

自然と頭の中に浮かんできたのは、バイト先の女子大生、読売《よみうり》先輩の顔だった。

先日、妙なことを言われたからかもしれない。なんでも相談してくれていい、とかさ。

「まあ女性がどうこうの他にも、普段あまりやらない新しいことにチャレンジしてみるのも気が紛れていいんじゃないか？」

ぼうっと考えていた俺に丸《まる》が言った。

「あまり気に病まんことだ」

「そうだね。って、仮定の話だぞ」

「ああ、そうだな。たとえばと言ったからな」

丸《まる》が弁当箱の蓋をカタリとしめた。

「では」

と言って教室を出ていく。俺の倍はありそうな弁当を俺より早く食べ終わって、さらに昼練習に行くとは。あれで腹が壊れたりしないのかね。

ため息をひとつつくと、俺は弁当の残りを食べるべく取り掛かった。


今日は昨日に引き続いてバイトだ。

自転車を駐輪場にとめていると、もう秋だなと思う。駐輪場までペダルを全力で漕《こ》いできても8月ほど汗をかかない。

店に入ってすぐに副店長から声をかけられる。

「浅村《あさむら》くん！　今日はレジをお願い」

「わかりました」

素直にレジに入り、俺は客への応対を繰り返した。

レジに立つときは実は気を遣う。

本の値段はバーコードが読み取るからアナログに金額を手打ちすることはない。

では、昔に比べてレジ係の仕事が減ったのか、と言えばそんなことはない。例えば、本のサイズに合わせてカバーを用意し、客の購買量に合わせてレジ袋を案内しなければならない。そういうところは以前と変わらない。

子ども連れで荷物の多い客が焦って財布を取り落としそうになれば、笑顔で相手を落ち着かせるくらいはしたいものだし、トレイに並べるつり銭は重ねて置いては客が把握できないから金額をわかりやすくばらして置くことも大事だ。

近年では決済手段が多様化したこともレジ業務を煩雑にしている。現金だけでなく各種のカードによる支払いに加えてスマホのアプリで決済することも増えていた。それらの扱いをぜんぶ頭に叩《たた》き込《こ》んだ上で応対しなければならないのだから、レジ打ちを嫌がる店員が増えるのもむべなるかな、だ。ちなみに「むべなるかな」は「なるほど、もっともだなあ」というような意味の言葉で、小説を読んでいるとたまに出てくる。声にすると音が楽しいからつい使いたくなるが日常ではめったに使いどころがなくて——。

「おう、そろそろ休んでいいぞ」

「えっ。あ、はい」

声をかけられて我に返る。複雑な業務も慣れれば自動的に体が反応して応対できてしまうのだから、人間というシステムは良くできている。いつの間にか無心になっていた。

自分で自分に感心してしまう。

おかげで昼に悩んでいたことも、解決こそしていないが、気持ちが落ち着いて気分は前向きになっている。

丸《まる》の言うとおりだ。新しいことにチャレンジするのも、気持ちを切り替えるのに必要なことかもしれない。そして、俺が思いつかないような新しいことを知ってそうな人物といえば……。

「ちょっといいかな、後輩君」

「あ、読売《よみうり》先輩。はい、なんでしょう」

体の後ろで手を組んだ先輩が、俺の顔を下から覗《のぞ》き込《こ》むようにして言う。

「今日、バイト終わってからなんだけどさ、ちょっと遊びに行かない？」

「遊びに、ですか？」

「君の知らない新しい遊びをイロイロ教えてあげようと思って」

「ぜひ！」

「即答。わお。後輩君、こんなに大胆丸だっけ？」

「あ、ええと、ちょうど新しいことに挑戦しようと思ってて。ご迷惑だったですかね」

「いやいや。まあよかろうなのだ。それに若者のチャレンジャー精神は大切にせねばなるまいて」

「助かります」

読売先輩から声を掛けられるのはこれで二度目になる。

前は映画だった。見逃しそうだった映画をレイトショーという手段で見損ねることなく観賞できたのは読売先輩のおかげだ。

やはり大学生は高校生とはちがう。

さすがは先輩。

俺がいま何を悩んでいたかに気づいていたかのようだ。

「それじゃ、決まりっ」

「でも、遊ぶって何をするつもりですか。バイトが終わってからだと、そんなに時間もありませんよね」

「ふふふ。後輩君をオトナの世界に連れて行ってあげよう」

読売先輩はそう言ったあとは仕事に戻ってしまい、そのあと何度かすれちがったときも何をするつもりなのか笑顔を浮かべるだけで話してくれなかった。

新しいオトナの遊び……とは。

「これが……オトナの世界……」

かなあ？

「社会人には必須科目なのだよー」

「昭和のおっさんですか？」

「おねえさんを信じなさい」

いったいこのひとはどこまで本気で言っているのか。

ジト目で読売《よみうり》先輩を見つめてから、俺は目の前の建物を見上げた。入り口の上にある看板にはビリヤードとかダーツとかの確かに大人の遊びっぽい娯楽と並んで「シミュレーションゴルフ」と書かれている。

「ゴルフの練習がしたい、のだ！」

「やっぱり親父《おやじ》趣味なんですね」

「む、失敬な」

「ということは、この建物に入ってる『シミュレーションゴルフ』ってやつですか？」

「来ればわかるよぅ」

俺の前に立って先導する先輩に俺は黙って付いていく。

エレベーターに乗って連れていかれたのは、予想通り、話にだけは聞いたことのある屋内で遊ぶゴルフ施設だった。

「初めてでしょ、後輩君」

「遊ぶのは初めてですね。体感ゲームの好きな友人が遊んだことがあるって言ってて、どういうものかは聞いたことがありますが」

小さなボックスに区切られたブースの奥にゴルフコースが広がっている。

青い空の下に緑の芝生がどこまでも広がっている。遠くには山の峰がゆるい曲線を描いていた。

もちろんスクリーンに投影された映像だ。ここは渋谷《しぶや》の建物の中なのだから。

「自然のなかっていいよねぇ。ああ、緑がきれい」

「家のテレビに環境映像を流してるのとあまり変わらない気もしますが」

「後輩君！」

読売先輩がたしなめるように言う。

「情緒がない！　もっと詩情を解しなさい、枯れたおっさんじゃなくて、キミは若人なんだからねっ！」

「はあ」

と、言われましても。

「きれいな自然を見て、キミは何も感じないのか。おねえさんは悲しいぞ」

「すみません」

「あたり一面の自然に囲まれて思い切りクラブを振りぬけば、白いボールが空に吸い込まれるようにぴゅーんと飛んでいくのだ。もうすかっと爽やか！　なんていい気持ち！」

「へえ。そんなものですか」

「そんなもんそんなもん。だから疲れたおじさんたちがこぞってゴルフに行くのだよ」

やっぱりおじさんの娯楽じゃないか。

「つべこべ言わずに、ほら、時間がもったいないよ」

備え付けのゴルフクラブを握らされた。

けれども、俺はゴルフクラブなんて生まれて初めて触るわけで。そもそも、これってどうやって握るんだ？　野球のバットみたいに持てばいいのか？

クラブを握っている俺の指を読売《よみうり》先輩の指が押さえつけて握りなおさせる。読売先輩の手、ネイルがきれいだな……。

「んー。こう、かな。ほら、握ってみ」

「なるほど」

支え手である左手でまずクラブを持ってから、左手の親指にすこし被《かぶ》さるようにして添え手である右手を握るようだ。読売先輩流儀ではこれでいいらしい。クラブの握り方には他にも色々とあるようだが、読売先輩曰《いわ》く「あとは自分で調べて」とのこと。

とりあえず入門編だから言われるままでいいか。

「ほら、肩に力が入ってる」

両肩を押さえた先輩が思いっきり下方向に力を込める。いかり肩になっていた俺の肩をなで肩にする感じ。確かに手に力を込めすぎると肩のほうが自然と上がってしまう。

「そうそう。そんな感じで、セットしたボールをあのスクリーンに向かって打つわけ」

さっきまで大自然のなかと言ってて、今はスクリーンって、思いっきり言っちゃってますけど、いいんですかね。

「こんな小さなボール、初めてで当たりますか？」

「最初は無理じゃない？　ま、やっていくと慣れるから、だいじょぶ」

言いながら先輩が安全エリアまで下がる。野球の素振りもそうだが、周りにひとがいるところで振ると危ないわけで、俺は背後に誰もいないことをしっかり確認してからクラブを振ってみた。

空気を切る音がして意外と重いクラブに腕が持っていかれそうになる。

ボールにかすりもしなかった……。

「からぶりだねー」

「意外と……難しいですね」

「そんなことないよぅ。ちょっと貸してみ」

読売先輩にクラブを渡す。ボールがふたたび自動でセットされる。クラブを握って、数回素振りをする。それからボールの前に立つと思い切り振った。

ばしっと鋭い音がしてボールが叩《たた》かれた。

同時に映像の中に映し出されていたボールが、地面に突き刺してあった支え棒を弾《はじ》き飛《と》ばしながら空へと舞い上がった。軌道をトレースする線がきれいな放物線を描く。ナイスショット！の文字とともに、白いボールが芝生の上を転々と転がって止まった。

飛距離が表示される。

「うひゃあ、よく飛んだあ。うーん、カ・イ・カ・ン」

そう言いながら、ゴルフクラブをまるでライフルのように構えている。

「なんですかそれ」

「古い映画にあるのだよ。いやー、飛んだ飛んだ！」

先輩が喜んでいるところを見ると、なかなか良い数字が出たらしいが、俺にはその数字の意味するところが理解できない。

「と、いう感じ。簡単でしょ」

「まったくそうは見えませんでしたが、人類に可能なのだということは理解しました」

それから俺と先輩は十球ずつ交互にボールを打った。

最初のうち俺は、空振りをするか明後日《あさって》の方向にボールを飛ばすばかりだったが、読売《よみうり》先輩の教え方が上手《うま》いのか、しばらくすると先輩と同じように前に向かってボールを飛ばせるようになった。

「筋がいいねえ」

慣れるとバッティングセンターでボールを前に飛ばせたときのような爽快感がある。

確かに「気持ちいい」のだ。先輩のように画面にナイスショット！という文字が表示されることはなかったが。

なんでこんなに上手いんだ、このひと。

実は本当におっさんなのか？

「先輩、ゴルフの練習ってよくしてるんですか？」

「ん？　んー、まあ、たまに」

「へえ」

「意外だった？」

どうだろう？　確かに見た目は黒髪ロングの和風美人だけれど、中身がおっさんなのは知ってるしな。

「意外というか……納得というか」

「どういう意味かなー？」

「先輩は、俺のなかでまず第一に先輩枠なので」

「キミとはいちど私の性別について深く話し合うべきだと今確信したけど」

「高校生を深夜にゴルフの打ちっぱなしに連れていくのが女子大生ムーヴだと納得できれば改心してもいいです」

確かに綺麗《きれい》なひとだし、面白いし、話していて楽しい。

一緒にいられればきっと幸せな時間を過ごせるだろう。

俺は部活というものに入ったことがないけれど、おそらく部活の先輩との付き合いってこういう感じなんだろうな。

つるんでいて楽しい相手であることは間違いない。

「後輩君」

「はい？」

「ちょっとは気晴らしになった？」

先輩はそう言って、にっと笑みを浮かべる。

それで俺はようやく読売《よみうり》先輩は俺が悩んでいることに気づいて気晴らしに誘ってくれたんだと悟ったんだ。

「はい。おもしろかったです」

「うん。よしよし」

読売先輩は俺の肩をぽんと叩《たた》いた。

ああ——。

好きだな。

こういうひと。

本心からそう思うのに。

どこかで誰かが囁《ささや》いている。

あの夏、あの瞬間に、俺の中に感じたあの感覚——ただ、両手を組んで上に伸びをしただけの彼女に感じた、もどかしさに喉の奥から叫び声が迸《ほとばし》ってしまいそうな、あの感情。とは、違うんだって。


一時間ほどもクラブを振り回していれば、いい加減に腕も疲れてしんどくなってくる。

空振りも増えてきて、ボールもろくに飛ばなくなってきたので、どちらからともなくそろそろ帰ろうかという話になった。

真夜中になりそうだったし。明日は三者面談だし。

「その前に、ちょっとお花を摘みに」

「じゃあ、道具を片しときます」

「お願い」

俺は使った道具を片して待つことにする。

けっこう、楽しめた。

腕のだるさを感じつつ、そう俺は思った。

陰キャの自覚がある俺としては、ゴルフなんて明るい光の世界の娯楽にしか思えなかったわけだが、こういうシミュレーションゲームっぽいものならば楽しめるみたいだ。

丸《まる》の言ったとおりかもしれない。普段あまりやらないことにチャレンジする。それが思いのほか気晴らしには有効のようだった。

そんなことを考えながら待っていると、店に入ってきたひとりの人物が俺の目を引いた。女の子だ。

髪型にも服装にも取り立てて派手なところはないけれど、その子にはもっとも大きな目を引く特徴があった。

身長が、やたらと高い。

「あれ……あの子、どこかで」

記憶を浚《さら》って思い出した。

夏期講習で隣の席だった子だ。ということは、彼女もおそらく俺と同じ高校二年だろう。ほかに連れらしき人はなく、その子はたったひとりで来たようだった。

こんな遅い時間に。ひとりでゴルフを？

その子は部屋のなかを見まわして、プレイできる場所を探しているようだ。ちょうど俺と読売《よみうり》先輩の使っていたブースが空いたばかりだったから、彼女はまっすぐに俺のほうへと歩いてきた。

前を通り過ぎるときに、ようやく俺に気づいた。

「あなた……」

「偶然ですね。こんばんは」

俺は軽く頭を下げて挨拶をする。

「こんばんは。ええと、夏休み以来ですね」

「そうですね」

「……あの、あなたはあの予備校に今も通ってるの？」

「はい。土日だけですけどね」

これくらいは個人情報にもならないだろう。そもそも予備校で知り合ったんだし。

「そうなんですね。あたしも、実はあのあとずっと通ってるんです」

俺は驚いた。

夏が終わってから彼女を見かけたことがなかったからだ。

そう告げると、彼女はひとつ頷《うなず》いてから、自分は逆に土日には授業を取ってないと答えたのだった。土日は教室に人が多く、すし詰めになって億劫《おっくう》で、基本的に予備校の自習室を使わせてもらっているとのこと。

「自習室を？」

「そう。開放されてるの。図書館よりあたしには便利だから」

「そうだったんだ……。ああ、俺は浅村悠太《あさむらゆうた》といいます」

「藤波《ふじなみ》夏帆《かほ》です。サマーにセールで夏帆」

「セール？」

「売るほうじゃなくて張るほうのセールですって言うと、たいてい漢字まで含めて一発で覚えてくれます」

「ああ、船の帆のほうという意味か」

「ほら、もう覚えたでしょう？」

にこっと笑顔になる。

「たしかに」

自分の名前は「藤波《ふじなみ》サマーセールです」と紹介されたら、それは覚えてしまうだろう。

外見はおとなしくまとめているけれど、なかなかコミュニケーションスキルは高そうな子だと感じる。

彼女は高い背を曲げて「よろしく」とお辞儀をした。

あわてて彼女に倣ってお辞儀を返す。

そんなやりとりをしていると、ちょうど読売《よみうり》先輩が戻ってきた。

「あ、デートでしたか」

藤波さんが俺と視線をやりとりしている先輩を見て言った。

俺は慌てて首を横に振った。

「いやいや、バイト先の先輩。そういうのでは」

「そうですか。あ、では」

軽く頭を下げると、俺と読売先輩が使っていたブースに入っていった。

俺も軽く頭を下げる。

顔をあげると、目の前まで読売先輩が戻ってきていた。

「こらこら、後輩君」

「お帰りなさい、先輩」

「なに、しれっとした顔をしているかな。いまの子なに!?　デート中に他の子をナンパとか色男すぎない？」

「え、あ、すみません……」

デートと言われてしまったが、それを真に受けるほど俺は自分を信用していない。高校生男子なんて、女子大生から見ればかわいい後輩以上のなにものでもないだろうし。

こうして弄《いじ》られてるのがその証拠だ。

素直に謝るのがいちばんだった。だって、などと反論を言い出そうものなら、読売先輩の突っ込みスキルが発動して俺はますます弄られることになる。

「あっさり謝られると面白くないなぁ」

「面白くする必要ありますかね」

「まあ、今日は時間も遅いし、これくらいで勘弁してあげるか」

「観念するので勘弁してほしいです」

読売《よみうり》先輩が笑って許してくれた。

会計を済ませると、俺たちは駅のほうまで戻った。レイトショーのときと同じように駐車場が見える場所まで先輩を送ると、俺は自転車を飛ばして家に帰る。

暑さも一段落ついた夜の渋谷《しぶや》を走りながら、俺はふたたび丸《まる》の言葉を思い出していた。

新しいことをしてみろ、という。

そういえばせっかく予備校に通っているのに、すべての施設を使いこなしてるとは言えないよなぁ。

「予備校の自習室か……」

マンションの駐輪場に自転車をとめながら俺は考えていた。

今度行ってみるか。

●9月24日（木曜日）　綾瀬沙季《あやせさき》

【ちょっと寄り道をしてから帰るので、遅くなります――】


LINEのメッセージに既読を付けるかどうかで何でこんなに悩むかな、私……。

浅村《あさむら》君からの連絡がポップアップで通知された瞬間に、それを目にした自分の鼓動が早くなった。

読売先輩だ……。

一行読んだだけでわかってしまった。あの先輩と遊んでから帰るつもりなのだ。

既読を付けてしまえば読んでしまったことになる。

それがそのまま、先輩と遊んで帰ることに免罪符を与えるようで、私は先ほどから携帯の画面を睨《にら》みながら既読を付けるべきかどうかで指をさ迷わせているのだった。

馬鹿馬鹿しいかぎりだ。

高校二年にもなった兄の行動をいちいち気に掛ける妹がどこにいるのか。

それでも読んでしまえば、「遅かったね」という皮肉のひとつも言えなくなるというのが悔しくて。「ごめん。メッセージを読んでなかった」という言い訳も使えなくなるし。

「あほか。私は」

そもそんな行動はフェアじゃない。私のもっとも嫌いな行為なのに。

嫉妬という感情はひょっとして人間の知性を小学生並みに低下させるのではあるまいか。

こんな感情を抱くのは間違っているんだ。私は妹なんだから。

私はテーブルの上の夕食を見渡してため息をつく。

夏バテぎみの疲れた体をリフレッシュしてもらいたい、というのが本日の夕食のコンセプトだった。

メインはキーマカレー、つまりひき肉を使ったカレー。

香辛料として生姜《しょうが》とニンニクとレッドペッパー、そしてクミンが入っている。このクミンがいぶし銀。なにしろ古代エジプトから使われているという由緒正しい香りの素。歴史があるだけに迷信やらまじないやらも多く、「恋人の心変わりを防ぐためにライスシャワーにクミンを混ぜる」なんて一文をネットで目にしたときは、つまり虫除《むしょ》けみたいなものか？と思ったり思わなかったり。

温めたキーマカレーに匙《さじ》を入れる。立ち昇る香りがもう刺激的すぎて、目をしばたたく。

ひと口食べた。

「辛《から》っ……」

あまり辛すぎるものは得意じゃないのに何やってるんだろう。

涙が出てきた、辛くて。

本当に何をやってるんだろう、私。

心の中がぐちゃぐちゃになりそう。

今日、学校で真綾《まあや》とした会話を思い出す。

『なんで真綾はいつも能天気でいられるの？　悩んでることとか、どうやって忘れてる？』

心の底から悩みのない人なんていない。だからこそ、どうやってそれを表に出さずに済んでいるのかと聞いてみた。

そうしたら真綾の返してきた答えときたらこれがまあ単純で。

『とにかくする！』

『な、なにを？』

『なんでもいいから、新しいこと！』

真綾は指をぴっと一本立ててから、それにもう一本立てて付け足した。

『あるいは、あれだねー。いままでやらなかったことを積極的にやる、でもいいかもー』

真綾に言わせれば、悩むというのは思考がループしている状態なのだそうだ。歩けずに足踏みしている状態というか。

『だから、そーいうときは無理やり前に向かって歩いちゃう！』

ポジティブかつ建設的。すごい、と素直に思えた。

私も思わずそうだよねと納得していた。

新しいこと、か。

私だっていつまでもこんなふうにぐるぐる考えているのは嫌だ。

真綾《まあや》の言うように、この週末は自分の殻を破ることをテーマにしてみようか。

さて……。もうすぐお義父《とう》さんが帰ってくる。

私は壁にかけてある時計を見た。お義父さんのぶんはもう用意してしまっていいかもしれない。

サラダを器にもって、スープとカレーを温めなおしておこう。

遅くなるっていう浅村《あさむら》くんはご飯は食べてくるんだろうか。ＬＩＮＥの通知だけではわからなかったけど……本文には書いてあるのかな？

念のために夕食は用意しておこう。付箋紙にいつものようにメモを残して。

辛《から》かったら冷蔵庫に入っている半熟卵を落としてくださいと、注意書きを残して部屋に籠ろう。

明日の予習をしなくちゃ。

ヘッドフォンから流れてくる音楽で頭をいっぱいにして、最近ちっとも捗《はかど》らない勉強をなんとか進めなくちゃいけない。

そして、明日は三者面談だ。

●9月25日（金曜日）　浅村悠太《ゆうた》

　金曜日。俺と綾瀬《あやせ》さんの面談当日。

　朝の始まりはいつも通りで、俺は綾瀬さんといっしょに朝食をテーブルに並べていた。

　親父《おやじ》はすでに席についてタブレットでニュースを読んでいた。

「はい。お義父さん、お味噌汁《みそしる》」

「ありがとう、沙季《さき》ちゃん」

　嬉《うれ》しそうに親父がお椀《わん》を受け取ったところで、玄関の扉が開く音がした。

「ただいまー」

　リビングにいた俺たちは、亜季子《あきこ》さんの声にいっせいに振り返った。

「やあ、お帰り、亜季子さん」

　真っ先に親父が返事をした。俺たちもやや遅れてお帰りなさいを言った。

「ただいま、太一《たいち》さん」

「お疲れさま。ご飯はどうするのかな？」

「食べます。早く帰ってこないと寝る時間が確保できないと思って、向こうでは食べてこなかったの」

「そうか。でも、これから寝て、起きられるかい？」

「起きられる、と思うわ。ええと、もういちど時間を確認しておきたいんだけど、悠太《ゆうた》くん、沙季《さき》」

言われて俺も綾瀬《あやせ》さんも携帯を取り出した。登録してある予定を確認する。

「俺のほうは16時20分から20分間」

「私は、その後ろ。16時40分から17時まで。移動時間ないけど、私たちのクラスってとなりだし」

亜季子《あきこ》さんも、自分の携帯を睨《にら》みつけながら、俺と綾瀬さんの伝える時間を復唱する。

「ん。だいじょうぶ、間違ってない、みたい」

「でも、そのスケジュールだと、今からだとあまり眠れないような気がするね」

「学校まではタクシーを使わせてもらうつもり。だから、16時ちょっと前に出れば間に合うと思うの。起きて、シャワーを浴びるでしょ。食事して歯磨きして着替えて、それからメイクするでしょう……。んーと、たぶん14時に起きればだいじょうぶ」

「いま、7時だから8時に眠れば、6時間は寝られるか。でも、いつもよりちょっと少ないような？」

親父《おやじ》が言った。

いつもは夕方近くまで寝ていられることを考えれば確かに短い。

「帰ってきてから眠れるから。今日は休みを入れてあるし。問題は起きる時間には沙季も悠太くんも家にいないということなのよね」

　亜季子さんははっきり言って、あまり寝起きはよくない。

「太一《たいち》さん、14時になったら怒涛《どとう》のモーニングコールをお願い！」

　亜季子さんが、手を合わせて拝み倒さんばかりの勢いで言った。

「仕事があるのに迷惑だよお母さん」

「でもぉ」

「あはは。わかった任せてくれ、亜季子さん。それくらいなら、仕事の妨げになったりしないさ。おやすい御用だよ」

　亜季子さんがぱあっと表情を明るくさせ、綾瀬さんが肩をすくめた。

　親父は、基本駄目な奴《やつ》だと思うけど、こういうところは包容力あって、大人の男って感じだよなぁ。

　明るくなった亜季子さんだけど、すぐに眉を下げて不安そうな顔になる。

「でも、ほんとにだいじょうぶかしら、起きれるかしら。あと、先生に変な母親って思われないかしら」

「君を変だなんて言うひとがいるものか」

「そ、そう？」

　親父の言葉に、照れくさそうに亜季子さんがはにかむ。

「もちろんだとも」

親父《おやじ》が請け合った。いやそこで見つめ合われても。

俺と綾瀬《あやせ》さんも、親父たちの惚気《のろけ》まがいのふるまいに内心で苦笑しつつも、「だいじょうぶだから」と励ました。

「それよりお母さん、ご飯を食べるんだったらさっさと席に着いて。そんなところに突っ立っていられるとジャマだから」

「はいはい」

「お義父《とう》さんは時間、だいじょうぶですか?」

親父は綾瀬さんの言葉に壁の時計を見る。

「っと……そろそろ出ないとまずいな。ありがとう」

化粧を落としに洗面所へと消える亜季子《あきこ》さんの背中を見送りながら、親父は鞄《かばん》をつかんで立ち上がった。

「じゃあ、亜季子さんをよろしく頼んだよ」

俺と綾瀬さんは揃《そろ》って頷《うなず》いたけれど。

いや、よろしく頼むのはこっちじゃないのか?

亜季子さんがリビングに帰ってきた。そのまま席に着いて目の前に用意されていた朝食を食べ始める。

「お母さん、昼に起きてからの食事はどうする？　カレーの残りなら凍らせてあるけど」

辛《から》いから目は覚めると思う、と綾瀬さんが言った。

「そのあとで先生に会うのにあんまりスパイシーなものを食べたくはないから、朝食の残りをいただくわ。あと、卵のひとつくらいはまだあるでしょ？」

「まあ……あるけど」

「なんとかするから。それよりあなたたちもそろそろ学校に行く時間でしょう？」

確かにいつもなら綾瀬さんは家を出る時間だった。

「悠太《ゆうた》くんも片付けはいいわよ。食べ終わったらわたしがやっておくから」

「わかりました。ありがとうございます」

いつものように綾瀬さんが先に家を出て、俺もすこし遅れてから鞄をつかむ。

「さあ、夕方には起きれるように、気合い入れて寝るわよー」

靴を履いて家を出る俺の後ろから亜季子さんの声が聞こえた。


四時間目の終わりを知らせる鐘の音が鳴った。

午後からは三者面談だけれど、俺の番まではまだ四時間ちょっとある。

丸《まる》と弁当を食べながら、俺は面談まである時間をどうやってつぶそうかと考えていた。

「ではまた明日だな、浅村《あさむら》」

「ああ、また！」

先に食べ終わった丸《まる》が鞄《かばん》を抱えて教室を飛び出していった。なんだかんだ言っても練習には呆《あき》れるほど真面目なのだ丸は。

必然的に俺はひとりになった。

こういうとき帰宅部には校内で時間をつぶす場がない。

教室は三者面談で使われてしまうし。

図書館、という単語がふと頭に浮かんだ。本好きにとっては真っ先に浮かんでもよい場所だったが、俺の読む本は図書館にない場合が多い。だから利用頻度は高くなかった。

久しぶりに行ってみるか。

鞄をもったまま俺は図書館へと向かう。

水星《すいせい》高校の図書館は校舎とは独立して存在する。校舎の脇に「図書館棟」と呼ばれている二階建ての建物があり、渡り廊下を伝っていくことができた。一階は音楽室、二階が図書室になっている。だったら「音楽館棟」でもいいじゃないかと思うけれど、まあ、何か歴史的な由来があるのだろう。

図書館棟に近づくにつれて一階の音楽室からブラスバンド部の演奏が聞こえてくる。水星高校の三者面談は三学年一斉に行われる。進学校らしいともいえるが、午後の授業が三学年ともないから、いつもよりも部活動が早くから始まっているわけで、そこは進学校っぽくないとも言える気がする。

階段を昇って図書室の扉を開けた。

一歩室内に入ると、古い本の匂《にお》いが鼻をかすめる。神保町《じんぼうちょう》にあるような老舗の古本屋に入ったときに感じる独特の匂いだ。手垢《てあか》のついた古い本を嫌がって新刊書ばかりを読む人も多いけれど、俺はこの匂いがけっして嫌いではなかった。

人類に受け継がれてきた叡智《えいち》の匂いだから。

室内の人の入りは、試験前に比べてはさほど多くない。見まわして、テーブルの三分の一も埋まっていなかった。

ふと、綾瀬《あやせ》さんは時間をどこでつぶしているんだろうと考える。

脳裏をよぎった考えに、俺は本の森の中をゆっくりと歩きながら見て回ったけれど、見慣れた明るい髪の少女はどこにもいなかった。

ただ、代わりに――。

「あれぇ。どしたの？」

奈良坂真綾《ならさかまあや》さんがいた。

「いや、ふつうに時間つぶしだけど。俺、今日面談だから」

「おー、浅村《あさむら》くんもか」

「ということは、奈良坂さんも？」

おいでおいでと手招きをされたので、俺は奈良坂《ならさか》さんの隣に腰を下ろした。離れてしゃべっていては声が大きくなるばかりだしさ。幸い、彼女の座っているテーブルには奈良坂さんしかおらず、まわりには本棚が壁を作っている。

「いつ？」

「俺は16時20分から」

「お、近い。あたしはそのイッコ前。16時からー」

なるほど。俺とほぼ同じ時間帯ってことは、俺と同じように暇なわけだ。

しかし、その時間帯ということは綾瀬《あやせ》さんとも近いということだから、いっしょに時間をつぶしてても良さそうな気もする。

訊《き》いてみたら、綾瀬さんはいったん家に帰ると言って学校から出て行ったらしい。

確かに一度家に帰ってから再登校でも充分に間に合う。自分も帰ればよかったか。

今から帰ったとすると……。

俺は時計を探し、見えている範囲になかったので携帯を取り出した。まだ13時にもなっていない。どうする。帰るか？

今から帰るとなると……、いやでも家には綾瀬さんがいるし、ふたりきりだと気まずいか、と考えてようやく気づいた。綾瀬さんだけじゃない、家では亜季子《あきこ》さんが寝ているはずだ。しかも、そろそろ起きてくる頃。

同時に亜季子さんの今朝の言葉も思い出した。

『問題は起きる時間には沙季《さき》も悠太《ゆうた》くんも家にいないということなのよね』

もしかして綾瀬さん……。

「どした？　浅村《あさむら》くん。深刻そうに眉を寄せてるよー」

「あ、いやなんでもない」

しかし、ここで俺まで家に帰ると、煩《うるさ》くなって亜季子さんの睡眠時間を削るだけになりかねないか。

「そんなに三者面談が心配？」

「そっちはそんなでもな、いや――」

うっかり悩み事がありますと白状するところだった。これはもしかして高度な誘導尋問だったのだろうか？

「――それより、その時間なら奈良坂さんも一度家に戻れたのでは？」

「いやー、今日くらいは弟たちの世話から解放されると思ったら、つい」

笑いながらそう言った。

なんでも母親が面談のために休みを取っていて、さらに奈良坂さんも母親も家にいない間のためにと、祖母が家に来てくれて弟たちの面倒を見てくれるのだという。

「大変なんだ」

「かわいいことはかわいいんだ。でも、たまには羽を伸ばしたくなるの」

そんなことよりさ、と奈良坂《ならさか》さんが声をすこしだけ低くする。

机に頬《ほお》をくっつけんばかりにして、こちらを見上げてくる。

「浅村《あさむら》くんって、沙季《さき》のこと好きなんじゃないの？」

「ちがうよ」

即答できたのはかえってまずかったかもしれない。奈良坂さんというひとは、砂糖菓子のような見た目をしているけれど妙に勘の鋭いところがある。

「ほんとうにー？」

「奈良坂さんは知ってるでしょ。俺と綾瀬《あやせ》さんは兄妹《きょうだい》なんだから。そんなわけない」

「でもさー」

「なに？」

「なのにいまだに『綾瀬さん』なんだね」

どきり、と心臓が一回だけとんでもなく跳ねた。そこか。

こてん、と今度は机に額をくっつけたまま言う。

「兄妹って言ったってさ。義理でしょ。しかもなったばっかの。ほとんど他人みたいなものだよね。わたしから見たら、二人ともお互いに好き同士に見えるんだけどなー」

机に向かってまるでひとりごとのように言った。

「そういうのじゃないよ」

「んー。見込みちがいかー」

うにゃうにゃと、まだ何か机に向かってつぶやいているけど、その体勢っておでこが痛くなりませんか。

がばっと顔をあげると、奈良坂《ならさか》さんは腕を天井に向かって突き出して、んー、と伸びをした。

「そっかー。なら別の子の応援してもいい？」

「ええと？」

「だからさ。沙季《さき》のことを好きな男の子がいたら、そっちを応援してあげてもいいかってことなんだけど」

と言うってことは、そういう奴《やつ》がもしかしているのか？

「それは俺が許可を出すような話じゃないし」

「ふーむ、そっかー。ふーむ」

奈良坂さんは腕を組んだまま、そっかーとふーむを何度か繰り返していた。

あれこれ考えこんでいるらしい彼女をそのままにして、俺は時間つぶしのための本を探して回る。まだ三時間以上はあるから、薄めの本なら二冊は読めそうだ。

あれこれ探してると、昭和に出た海外文学の文庫本をいくつか見つけた。

シュトルムの『みずうみ』142ページ。

イプセンの『人形の家』148ページ。

このあたりがちょうどいいか。

書棚から抜き取って俺はテーブルに戻った。

奈良坂さんはいなくなっていたけれど、鞄《かばん》が置いてあるということは、俺と同じように本を物色に行ったのだろう。読み始めていたら、いつの間にか戻ってきて奈良坂さんも俺の隣で読みだした。

会話はほとんどなくて、ただ黙って俺たちは横に並んで本を読む。

「お先に行くよー」

はっと気づくと、奈良坂さんが鞄をもって立ち去ろうとするところだった。

どうやら先に時間が来たようだ。

ということは、俺はあと二十分後だな。

残り数ページを一気に読んで、俺も立ち上がる。

そのタイミングでサイレントモードにしていた携帯が震える。

亜季子《あきこ》さんからＬＩＮＥでメッセージが入っていた。そろそろ到着しそうだという旨が書いてあり、昇降口で待ち合わせることにする。

本を返してから図書館棟を後にした。

16時10分ちょうどに亜季子《あきこ》さんが昇降口に姿を見せた。

「お待たせ、悠太《ゆうた》くん」

「俺もいま来たところですよ」

現れた義母は、仕事に行くときとはちがった、かっちりとしたスーツ姿だった。

上に羽織っているのは単色のジャケット。内に着込んでいるのはUネックのシャツで、いつもスカートなのに今日は藍色のパンツルック。片腕にツートンカラーのバッグを提げている。

オフィスカジュアルという感じだろうか。堅すぎず、けれど、真面目さは損なわず。

こういう姿の亜季子さんを見るのは初めてだった。

面談の保護者にと用意されたスリッパを差し出すと、亜季子さんはありがとうと言いながら履き替えた。

「案内してくれる？」

「こっちです」

俺の教室と綾瀬《あやせ》さんの教室は校舎の二階にある。階段へと誘導し、俺は軽く校舎内を説明しながら先導する。

「悠太くんと沙季《さき》はお隣さん同士なのよね」

「家族になる前、ふたりは本当に会ったことなかったのかしら。お隣ならニアミスしていてもおかしくないような」

「あったはずなんですけどね……」

体育の授業や廊下を歩いている最中など、すれ違うタイミングは何度でもあったはずだ。

「……けど、記憶にないです」

「あら紳士。かわいい子に目を奪われたりしないのねぇ」

「そういうのはちょっと。見てるだけでセクハラと呼ばれかねない時代ですし」

「気にしすぎよぉ。下心がなければ気にされないわ」

「下心の有無を正確に読み切れるものですか？」

「もちろん」

「はい」

「言い切りますね」

どう考えても証明できないことを簡単に。こういうところは綾瀬さんと全然違うな、と思う。

いいかげんな言動なのに無責任さをまるで感じさせないのは亜季子さんの人間性が為《な》せる業だろうか。あるいは亜季子さんなら本当に読み切れるんじゃないか、と一瞬だけ信じそうになってしまう。

「言い切っていいのよ～。もし間違えちゃったら『ごめんなさい』すればいいだけだし」

「なんてしたたか……」

心の中で信じかけたとたんにこの茶目っ気ある台詞《せりふ》である。

まったく……。いつもとちがうお堅いスーツ姿が台無しだ。

でも、俺はそんなに嫌な気分じゃなかった。

つい数か月前まで他人だった女性と母親として学校で会うのは変な感覚だなと思っていたのだけれど、学校でも家と同じくちょっと抜けたようなところを見せる亜季子《あきこ》さんの姿に安堵《あんど》を覚えてしまった。

俺の本当の母親は、家と学校でまるで別人のように態度を変える人だった。

正直に言ってしまえば、小学生の俺はそんなあの人を気味が悪いと感じていた。あの人はあの人でそうなってしまった理由が何かあるのかもしれないが。俺はＴＰＯをわきまえる、という以上の変化を見せる人をそこまで信用できない。

亜季子さんの通常運転っぷりに俺はちょっとほっこりしてしまう。

「あ、ここです」

「はい。ありがとう、悠太《ゆうた》くん。わたし頑張るからね」

三者面談って頑張る要素はいらない気もするんだが……まあいいか。

時刻を確認してから扉をノックする。

担任の返事を待ち、俺は教室の扉を開けた。

「どうぞ。おかけになってください」

椅子を勧められて、俺と亜季子さんは担任と机を挟んで向き合う形で座った。

三者面談自体は中学のときにもあったし、水星《すいせい》高校は一年からあったから、初体験というわけではない。でも俺は母親と共にこういう場所にいるのは初めてだったから、なんとなく緊張してしまう。

進路調査用紙の内容をもとにしながら担任がざっと俺についての概観を述べた。

担任はこれと言って特徴のない男性の教諭で、名前もこれもまた鈴木《すずき》という日本に何人いるのかわからない名前だった。ちなみに綾瀬《あやせ》さんのクラスの担任は、女性教諭で名前はこっちもよくある佐藤《さとう》という名前である。

この話は三者面談の打ち合わせを綾瀬さんとしたときにも話題にのぼって、日本トップ3の名前なのだから確率的にはおかしくないのかもしれないけれど、にしても妙な偶然だねとふたりしてしばらく笑ってしまったっけ。

「というわけで――」

担任の言葉に我に返る。

自分に対する担任の評価なんて、あまり聞きたくないからと聞き流していたら、どうやら肝心の進路に関する話題になるようだった。

「悠太《ゆうた》くんですが、このまま努力を続けたら都内の有名大学も合格できる可能性はあると思います」

意外と高評価だった。

さりげなく隣を窺《うかが》うと、亜季子《あきこ》さんの頬《ほお》がゆるんでいた。嬉《うれ》しいらしい。

けれど、その表情も次の瞬間に凍りついた。

「これも、お母さまの教育が良いから——」

と、定型句的に褒めようとして鈴木《すずき》教諭、最近再婚したという事実に途中で気づいてあっと言葉を止めてしまった。

俺は間髪入れずに声を発していた。

「ええ。母には、本当に感謝しています」

担任の顔をまっすぐ見ながら言い切ったから、俺はちゃんと亜季子さんの表情を見ていたわけじゃない。

視界の端に見えた亜季子さんは、驚きに目を瞠《みは》っていたようだったが。

鈴木教諭はすこしつっかえつつも、このまま勉強を続ければ志望校合格には太鼓判を押せると同じことを繰り返して話をしめくくったのだった。

ありがとうございましたと返してから、俺と亜季子さんは教室を出る。

次のクラスメイトと親がもう廊下で待っていた。俺たちと入れ替わるように教室に入って扉が閉まる。

意外とぎりぎりまで時間を使ってしまったようだ。携帯の時計を見ると16時38分。あと二分しかない。

「綾瀬《あやせ》さんの教室はこっちです」

「急がなくちゃ！　それと、さっきはありがとうね、悠太くん。悠太くんに認めてもらえてうれしい。目頭が熱くなっちゃったわ」

笑顔で言われて俺も心が温かくなった。俺の言葉ひとつでこんなにも喜ぶんだな、このひとは。

「うれしい！」

「って、ちょ、ちょっと腕ひっぱらないで」

まさか抱き着かれるとは思っていなかった。

それでもこの距離感の近さを心地《ここち》好《よ》く感じている自分に驚いてしまう。

俺という人間は亜季子さんにとっては「浅村《あさむら》太一《たいち》の息子」でしかないはずなのに、このひとは最初から俺を家族として受け入れてくれてたんだな、と思う。実母からは、抱きしめられた記憶などなかった。少なくとも物心ついてからは。あの日の泣いていた幼い浅村悠太が今ようやく笑顔になれた気がする。

ああ、親父《おやじ》はこのひとと結婚できてよかったな……。

すこし歩いた先、廊下に置かれた椅子には誰もいない。あれ？と思ったら、綾瀬《あやせ》さんが昇降口のほうから歩いてくるところだった。

亜季子《あきこ》さんが声をかけながら小走りで近づいていく。

教室に入ろうとするふたりの脇を通り過ぎるときに、綾瀬さんが俺のほうを振り返った。

一瞬、言葉に詰まる。何か、声をかけてあげたほうがいいんだろうか。

「三者面談、がんばって」

無難な言葉しか出てこない。

「うん。またあとで、兄さん」

そう言って、綾瀬さんは亜季子さんといっしょに教室に入っていった。


さて――。

今日の予定はすべて終わってしまった。バイトもないし。

「とりあえず帰って休むか……」

昇降口へと歩みを再開したのだけれど、廊下の角を曲がったところ、階段の手前で俺は不意に声をかけられた。

顔をあげる。

テニスウェア姿の男子がラケットを手にしたまま立っていた。

「浅村《あさむら》君。だったよね」

「……そうだけど」

誰だっけ？　どこかで見た顔の気がする。

「覚えてない？　新庄圭介《しんじょうけいすけ》、だけど」

名前を言われて思い出した。

「ああ、夏のときの」

「そうそう」

プールで一緒だったメンバーだ。綾瀬さんや奈良坂《ならさか》さんのクラスメイトの。自己紹介のときに特徴的な紹介をしてくれた奈良坂さんのおかげで、名前を言われればすぐに思い出せた。

「ええと、とりあえず謝っておくけど。ごめん、盗み見るつもりはなかったんだ」

「え？」

何のことだろうと首を傾《かし》げた。

「実は次の次の三者面談が自分の番で。部活を途中で抜けて来たんだ。そうしたら――」

あー、これはもしかして。

「浅村君と一緒に教室から出てきたお母さんが、そのまま、綾瀬さんと合流したんだけど

「……どういうこと？」

一瞬、教えたくないと思ってしまった。けれど同時に、さっきの亜季子《あきこ》さんの喜ぶ顔も思い出してしまう。

否定するのも違うよな。

「兄妹《きょうだい》なんだ。大声で吹聴《ふいちょう》するような話でもないけど」

「え？　でも、君は浅村《あさむら》で、彼女はその……」

なぜ苗字《みょうじ》がちがうのか、ということだろう。

「親同士が再婚したから」

「ええとつまり？」

「つい最近の話で。だから綾瀬《あやせ》さんは簡単に言えば、義理の妹、ってことになるね」

口に出した途端に苦みが口の中に広がった。

「そうなんだ、てっきり……」

てっきり――なんだというのだろう？

「それじゃ、俺はもう行くから」

帰り道。自転車を漕《こ》ぎながら俺は――。

亜季子さんの笑顔を見たときに心の中に広がった温かみと、綾瀬さんを妹だと自ら認めたときに口の中に広がった苦みを、交互にずっと反芻《はんすう》していた。

●9月25日（金曜日）　綾瀬沙季《さき》

昇降口で真綾《まあや》とすれちがった。

「沙季～、お先に～。サキだけに～」

「……なに言ってんの。で、これから帰り？」

「うん。まだ帰らないけどねー。今日はもうちょっと羽根伸ばしたいし」

ああ、そういえば今日は弟たちの世話をしなくて済むとか言ってたっけ。だから面談が終わってからも親といっしょに帰らなかったのかな。

「面談、おつかれさま」

「沙季はこれからだよね。お母さん、もう来てるの？」

「来てるよ。いま、浅村くんの面談に出てる」

そう言ったら、真綾に微妙な顔をされた。

「あ、そういえば、待ってる間に浅村くんと図書館で会ったよ」

「そう？」

浅村くんは図書館で時間をつぶしていたのか。ほんとうに本が好きなんだなあ。

「うん。浅村くん、本読むの早いねえ。わたしが半分くらいしか読めなかったのに、あっという間に二冊、読み終えそうだった。光の速さで読んでるね、あれは！」

秒速三十万キロで読むってどういうこと。わけわかんないよ。

私は苦笑しながら「はいはい」と適当に受け応える。

「すごいって」

「わかったわかった」

真綾《まあや》の軽口だとわかっていても、浅村《あさむら》くんをすごいと言われるとつい嬉《うれ》しくなってしまうのが困る。口元を引き締めるのが大変。

「ま、じゃ、行くね。そっちもそろそろでしょ？」

はっとなって時計を確認したら、もう予定時間まで五分もなくなっていた。

「じゃーねー、またー」

「うん、また」

私は急いで教室へと向かう。

余裕があると思って家に帰って休んでたのに、これで遅刻したら恥ずかしい。

母を叩《たた》き起こして先に行かせた上で自分が遅れては意味がない。

階段を昇って角を曲がったところで浅村くんとお母さんが教室から出てくるのが見えた。

何か話している。何を話しているのかまでは聞き取れない。けれど、お母さんのうれしそうな顔を見て、私は自分までうれしくなった。

お母さんがあんな顔をするときは、心の底から喜びを感じているときだ。私が水星《すいせい》高校に受かったときも、ああいう顔で喜んでくれたことを思い出す。

浅村くんはすごい。兄になったのが浅村くんで本当によかったと思う。

——って、なに、お母さんってば、なんでいきなり浅村くんに抱き着いてるの？

いくら親子でもあれは過剰なスキンシップっていうんじゃないの、と慌てそうになり、でもそういえばお母さんって私にはすぐに抱き着いてくるなって思い返した。まあ、親子だものね。あれくらいはふつう……かもしれない。

私に気づいた母が、小走りで近寄ってくる。

『廊下を走るな！』の張り紙を横目に私は母と合流した。

三者面談が始まってすぐ、進路相談に入る前にと前置きして、担任の佐藤《さとう》教諭は話し始めた。

「正直なことを言わせていただければ、一学期の間はわたしたちは少々お子さん——沙季《さき》さんのことが気になっておりました」

佐藤教諭は歯に衣《きぬ》着せないタイプのベテラン教師で、私のファッションや素行の噂《うわさ》に心配していたと正直に言った。

遠回しに言ってくるひとよりも私はこういうはっきりと言うタイプのほうが好きだ。

けれど、お母さんのほうはどうだろう。担任の言葉を聞きながら、私はお母さんの顔をちらりと盗み見る。

母は背筋を伸ばした姿勢のまま、佐藤《さとう》教諭の言葉を口を挟まずに聞いていた。

「ですが――考えを改めることにしました」

私は思わず顔をあげて先生を見る。

「最近は課題だった国語の成績も上がっていますし、気になるような噂《うわさ》も聞こえてこなくなりました。ファッションがあまりに派手なのだけは、一応釘《くぎ》を刺さざるを得ないですが、わたし自身もお洒落《しやれ》したい気持ちはよくわかります」

母が大きく頷《うなず》いた。

「高校生としての節度は保っていただきたい。これは進路相談とは別にお母さまのほうからも見守っていていただきたいのです」

「娘のことは見ております」

きっぱりと言って、母はそれ以上はなにも言わなかった。

佐藤教諭は母の目を見つめてから、小さく頷くと、進路調査用紙を広げた。

「では、ここからは沙季《さき》さんの志望校についてですが」

一学期の成績についても言及し、国語の成績の上がり方次第ではあるがと言いおいてから、佐藤教諭はこのまま努力を続けていけば希望する大学のレベルをもっと上げられるだろうと言った。ひとつふたつ誰もが知っているような有名な大学の名をあげる。

「進路の選択は娘に任せてあります」

言いながらお母さんが私に話を促すように視線を送る。

佐藤教諭も私のほうを見た。すこし、緊張する。

「私は……学費が安くて就職で優位に立てる大学を希望したい、です」

お母さんがそれでいいの、という目で見てくるけれど、これは私にとって譲れない大事な希望だった。私に、学問で身を立てたいという欲があれば別だったろう。でも、いまの私には、とくにやりたいことがあるわけじゃない。

だったら、私はお母さんに苦労させてまで学費の高い一流大学に行きたいとは思わない。ただ、その先の就職を考えると、大学ならどこでもいいというわけでもない。

佐藤教諭はもっていたペンのおしりでこつこつと机を叩《たた》くと、「じゃあ」と言った。

「月《つき》ノ宮《みや》女子大学なんかはどうかしら？」

「えっ、月ノ宮ですか」

月ノ宮女子大学は都内にある名門女子大だ。名前を知らないひとなんていない有名大学で、正直私にはちょっと荷が重いと思っていた。

「いまの沙季さんなら、頑張れば狙えると思いますよ。あそこは学閥も強くて就職に有利ですし、国立大学だから学費も安く、返済不要の給付型奨学金やその枠を取れなくても無利子の第一種の奨学金を取れれば、あなたの希望に沿うのではないでしょうか」

「それは……考えたことがありませんでした」

さすがに月《つき》ノ宮《みや》女子大を狙えと言われるとは思わなかった。

担任の佐藤《さとう》教諭は口の端をもちあげて軽い笑みをつくると、ちょうどこの土日でオープンキャンパスがあるから行ってみたらどう、と言った。

「オープンキャンパス……」

「大学というところがどういう場所か、自分で確かめてみるといいわ」

「そう、ですね」

土日ならば、どちらかで行ける気がする。

『だから、そーいうときは無理やり前に向かって歩いちゃう！』

真綾《まあや》の言葉が頭のなかで進軍ラッパのように鳴り響いた。

浅村《あさむら》くんへの感情を忘れるためにも、自分の人生をより良いものにするためにも。

何か新しいことを。積極的に。

明日だ。明日、オープンキャンパスに行ってみよう。

三者面談を終えて教室を出るときには、私はそう決意していた。

「むしろ、この子は節度を保とうとしすぎると暴走すると思うのだけど……」

帰り際、ぼそりとつぶやかれたお母さんの台詞《せりふ》は聞かなかったことにした。

●9月26日（土曜日）　綾瀬沙季《あやせさき》

月ノ宮女子大学は山手線《やまのてせん》の内側にある。

渋谷《しぶや》駅から、山手線でぐるりと北回り（山手線ふうに言えば外回り）で行って、池袋《いけぶくろ》駅で降りる。そこから私鉄で二駅ほど、あとは徒歩だ。

最寄り駅で降りてから街道沿いを歩いて正門にたどりついた。

「広い……」

素直な感想でまず出てきたのがキャンパスの大きさだった。

敷地の壁の内側にいったい幾つの建物が建っているのかと思う。都心にあるというのに、これだけ広い土地をどうやって確保したのか。さすがは歴史ある国立大学。

正門からまっすぐに延びる道の左右には背の高い木が並び、それと張り合うかのように四角い建物が建ち並んでいる。携帯の画面に表示させたアクセスマップによれば左右の建物は大学に付属する小学校と高校らしい。すこし離れて中学の建物もあるようだ。

絶句してしまう。まさか同じ敷地内に小学校から大学までぜんぶあるなんて。

正門へと流れ込む人の波に乗って私は大学の構内へと入る。

それにしても、今日は土曜日だから授業はないはず。この人の波は、オープンキャンパスに来たひとたち、ということになる……のかな？

門から入ってすぐ、原色のTシャツを着たお姉さんからプログラムを渡される。スタッフのようだ。そうか、学生だけ大学に来てもしょうがないよね。

よく見れば、歩いているひとたちのなかには、明らかに年上の女のひとたちもいるし、なんならもっと年配の女性もいる。大学生か、職員だろうと気づいた。

遠く、運動部のものらしき気合の入った声が風に乗って聞こえてくるし、校舎の窓の向こうに人影も見える。大学には休日ってないんだろうか。みんなそんなに真面目に休日返上で大学に通ってるってこと？　そんなはずはない、と思うのだけど。

石畳を奥へと向かって歩く。

私の目的地である人文学部の講義はキャンパスのかなり奥まったところにある建物で行われるようで、真正面に見える大きな建物を迂回《うかい》して行かなくちゃいけない。

四角い建物を回り込むと、右手がすこし盛り上がった中庭のようになっていた。

緑の芝生がきれいだ。

……誰か寝てる。

信じられないことに、白衣を着た女性がごろんと芝生に寝転がっていた。いやいや、嘘《うそ》でしょ。あ、誰かきた。……怒られてる。それはそうだろう。いくら陽《ひ》ざしが暖かくて気持ちいいからって。

真面目に通ってるだけじゃなくて適度に息も抜いてるってことだろうか。

まあ、あのひとは息を抜きすぎだと思うけど。

大学はいろんなひとがいるな。

建物の入り口に立っていた看板を確かめる。うん、ここだ。

さあ、入ろうとしたところで、自分の名が呼ばれた気がした。いやまさか、こんなところに知り合いがいるとも思えない。

「沙季《さき》ちゃん！　えー！　うちの大学に来てくれたの⁉」

えっ？

「読売《よみうり》さん？」

バイト先の先輩、読売栞《しおり》さんだった。しかも、受付らしき椅子に座っていた。

ということはまさか。

「この大学に通っていたんですか」

「うん。そういうことになるかもしれないねー」

関係者席に座っていて「かもしれない」はないだろう。

よく見ると学部ごとに受付の場所は違っていて、彼女が座っているのはどうやら人文系の学部のようだった。

「あらかじめ言っといてくれたら、おもてなししたのにぃ」

「急に決めたので」

そもそも、私はこの先輩がどこの大学生なのか知らなかったのだ。伝えようがないではないか。

「そっかー。ええと、で、ここの体験講義を聞きに来たってことでいいんだよね」

「……はい、いちおう」

やってくるほかの生徒たちの邪魔にならないよう道を空けながら私はそう答えた。

本当は特定の学部を目的としてきたわけじゃなく、その場の雰囲気で良さそうな講義を聴こうと思っていたのだけど、わざわざ言わなくてもいいだろう。

それに、聡明《そうめい》な読売《よみうり》さんが所属している学部なら一度聴いてみてもきっと損はしないはず。

「じゃあ。まだ時間もあるし、イロイロ案内してあげよう」

「それは……。いいんですか?」

受付席を振り返ってみた。

読売さんの座っていた席にはもう他のひとが座っていて、来るひとにチラシのようなものを渡している。私が受け取っていないことに気づいて、「はい」と手渡された。見ると、どうやら今日の講義の概要が書いてあるようだ。

「しおりー、邪魔だから、仕事しないならあっち行って、あっち」

「ほい! 感謝。ほら、案内してあげる」

「でも……」

「おや、読売クン。知り合いかな？」

新たな声に私は顔を振り向ける。

明らかに学生ではない女性がそこに立っていた。

大学の先生だろうか。歳《とし》はたぶん二十代後半から三十代前半。大学の先生だとしたら実年齢はもうすこし上かもしれないが、少なくとも見た目はそれくらいだ。淡い藤色のスーツを着こなしていて、おとなっぽい雰囲気だったけれど、寝不足気味なのか、目許《めもと》にうっすらとくまが浮いていて、せっかくの美貌を半減していた。あれ、このひと、どこかで見たような。

頭のなかでスーツに白衣を着せてみた。

「あ」

芝生で寝転がってて怒られていたひと。

「ん？」

「おやあ？　沙季《さき》ちゃん、うちのセンセと知り合い？」

「い、いえ。あの……さっき芝生で……」

寝転がってたひとですよね、とはさすがに言えなかった。けれど、読売さんは私の短い言葉だけで理解したようだ。

「工藤《くどう》先生……またやってたんですか？　今日は外部からお客様が来るからってブランドのスーツを着てきたんでしょう？　スーツが泣きますよ……」

「ちゃんと上から白衣を着たさ」

「そういう問題じゃ……」

「何を問題と定義するかは人による。短い人生、お高いタグをつけただけの服を雑に扱うことの是非を問う時間など無駄にしか思えないがね。それよりも読売《よみうり》クン、私はそこの見目麗しい女性について知りたいかな」

読売さんがまだ何か言いたそうにしていて、それでも全てを諦めた者の顔になって私を紹介してくれた。

「……綾瀬《あやせ》、沙季《さき》ちゃんです。バイト先の後輩の」

「綾瀬です。あの、初めまして」

軽くお辞儀をすると、藤色のスーツを着たその女性は「ふむ。ちょうどいいや」と小さな声でつぶやいた。ちょうどいい？

「初めまして、沙季ちゃん。私は工藤英葉《えいは》だ。この大学では准教授として倫理学全般の研究をしている。ところで見たところキミは高校生のようだけど？」

「はい。……高二です、けど」

「うん。ちょうどいい。素晴らしいね、まったくもってちょうどいい。真面目な話なんだが、ちょっと聞きたいことがあってね」

すらすらと流れるように言葉が出てくる。

頭の良いひとだな、というのはそれだけでわかった。さすがは大学の先生だ。

「はい。なんでしょう?」

「キミ、今までに何人とヤッた?」

「は?」

言われた意味が一瞬理解できず……。やる・殺《や》る・ヤる……えっ、まさか、そーゆー?

「ええと、おっしゃる意味が――」

わかるけど、わかりたくないんですが。

「先生! 初対面の未成年になんてことを訊《き》くんですか」

庇《かば》うように読売《よみうり》さんが私の前に立って工藤《くどう》准教授に食ってかかった。

「え?」

「こんなとこで聞くようなことじゃないですよ」

「んん? いや、もちろんわかっているとも。だから配慮してわざわざ隠語にしたんだが。」

ふむ。しかし考えてみれば隠すようなことでもないかもしれないな。これは人類には普遍的な事象なのだから。常々思っていることだが……私は、隠すという行為は、表に出すよりも、より強調されて印象付けられてしまうのではないかと思っていてね……ああ、つまりだな、君は今までに何人の男性との性交経験が——ああいやもちろん女性でも構わないが——あるかい？　という」

「先生」

「む？　どうしてそんな怖い顔を。読売クン、君は私のように万年寝不足の吸血鬼みたいだと言われずに済んでいるのだから美しさを維持したまえよ。いいか。そもそも、私としては現役の高校生に直接話を聞くめったにない貴重な機会なのだからして、これは研究の一環であってだね」

「被験者になってもらうには同意が必要、というのは学問の徒である先生には改めて説くまでもないことですよね？」

工藤准教授は一瞬だけ目を瞠《みは》り、それからにやりと笑みを浮かべた。

「ほう。今日は冴《さ》えてるじゃないか、読売クン。いい突っ込みだ」

「どういたしまして」

「そうだな。ええと、沙季《さき》ちゃん。っと、綾瀬《あやせ》クンのほうがいいかい？」

「あ、どちらでも……」

「じゃあ、沙季ちゃん。決まりだ。そのほうがずっとかわいい」

そう真顔で言うのだからよくわからないひとだった。大学の先生というのは、みんなこんな変わり者なんだろうか。

「私は、主に男女関係や家族関係にまつわる倫理の研究をしていてね」

「家族関係……」

「ああ。倫理というのは辞書的に言えば、道徳や人間生活における秩序……つまり社会規範というやつだな。で、私はそれを研究している」

「そんなの研究できるんですか？」

「もちろんできる。いいかい？　社会というものの中では様々な倫理が設計されているだろう。これをすることが望ましいとか。これをしてはならない——いわゆる禁忌というやつだな——とか。でも、これはそもそも万古不変なものではないんだ。たとえば、そうだな……兄と妹など近親者同士で愛し合ってはならない、とかであっても」

そんな言葉にそもそも反応してはいけないのだろうけれど、私は自分の表情がわずかに硬くなったことに気づいていた。

「倫理というのは科学ではない。少なくとも科学に拠《よ》って立って作られたものではない」

「作られた理由はそうでも、研究にはサイエンスが必要だと思います」

「まあ、その辺は本題じゃないからまたあとで議論しようじゃないか、読売《よみうり》クン。ここで重要なのは倫理というものは必要から生じたものだとしても、必要は常に変化するということだ。しかし社会における必要の変化と認知の変化の間にはズレがあり、それによって我々の社会は……」

そこで工藤《くどう》准教授は周囲を見回してようやく自分がどこで熱弁しているのか気づいたようだった。

「ふむ。キミ……沙季《さき》ちゃん、時間があるなら、ちょっと研究室まで来てくれないか？」

「まーた、ナンパしてる」

ぼそっ、と読売先輩がつぶやいた。

その聞こえよがしのつぶやきを聞かなかったふりをして工藤准教授は言う。

「沙季ちゃん。キミ、いま悩んでいるだろう？」

ぎくり、と体がこわばる。

「その悩みに、答えを授けられるかもしれないよ？」

「え、その……」

正直、このひとの語る答えに興味が湧《わ》いていた。有名大学の准教授を務めるほどの頭のよいひとならば、私に何がしかの答えを授けることが可能に思えたのだ。

「ちょっとだけ、なら」

「よし、決まりだ。付いてきたまえ」

「工藤先生がイケナイこと吹き込もうとしてる！」

そう言って付いてこようとした読売さんを、「こらこら。オープンキャンパスで持ち場を離れちゃいけないよ」のひとことで突き放した。

「もともと、沙季《さき》ちゃんはわたしが案内してあげようとしてたんです。ちゃんとみんなにも許可を——」

「ゼミのレポートの締め切り延長三日」

「うっ」

「まだ、書き上げてないんだろう?」

「うう……」

「だいじょうぶ。ちゃんと時間までにはお返しするさ。じゃ。彼女はお借りするよ。こっちだ、沙季ちゃん、付いてきたまえ。キミも大学の研究室がどんなところか見てみたいだろう?」

そう言って先に立って歩きだした倫理学准教授・工藤英葉《くどうえいは》の背を私は追った。

「珈琲《コーヒー》と紅茶、どっちのが好み?」

「あ、紅茶を」

返事をしながら私は連れてこられた部屋をぐるっと見回した。

八畳くらいはありそうだけれど、実感としては四畳半もない。なぜなら、壁一面どころか周り中を本が覆っているからだった。壁のスチールラックだけではない、机という机の上には本が平置きで積み上げられており、それどころか床からも本のタワーが生えている。

その間を縫って行かないと奥の机にはたどりつけなかった。

最奥にある大きな机の周りだけはぽっかりと空間が空いている。

机の前には小さなローテーブルと向かい合わせになったソファが一組。つまりここが来客のための場所ということだろう。

ソファの片方に座るよう勧めると工藤先生は電気ケトルの電源を入れ、棚から紅茶のポットとカップを二つ取り出した。茶葉の缶をポンと開ける。

「ニルギリでいいかい？」

「あ、はい。なんでも――ニルギリ、ですか。そんないいのを」

「おお、知っているかい？」

「……一応」

「知ってることを話してみたまえ」

言い方が学校の先生だなあ、と思った。と、同時に私は、でもこういう聞き方を高校までの先生からは聞いたことがないな、とも。

私の知っている先生の多くは、「正解」を答えるように尋ねてくるひとばかりだった。いま聞かれているのは正解ではない。問われているのは、自分の知識を自分の言葉で伝えられるか、なのだ。

「南インドのあたりで採れる茶葉の総称ですよね。通称が『紅茶のブルーマウンテン』」

「おお。博識だね」

「ネットで調べればわかることですから」

「飲んだことは？」

「ないです」

コーヒーのブルーマウンテンが高級品なように、紅茶のブルーマウンテンもまた高価だ。母とふたり暮らしだったときは五十袋で五百円（つまり一杯一〇円だ）のティーバッグでも喜んで飲んでいた身なので、知識はあっても飲んだ経験なんてない。

「じゃあ、これが『初体験』ということだね」

特定の単語を発音するときだけやたらとねっとりしてるなぁ。

かちりと音がして電気ケトルのスイッチが切れた。沸騰した湯を少量だけ注いで、ポットを温める。

ふたたびスイッチを入れて沸騰させた。

ポットのほうの湯をカップに注いで空にすると、茶葉を手早くポットに入れて、湯を注いで蓋をする。テーブルの上にあった砂時計をひっくり返した。

「沸かした湯を冷まさないようコンロの火からヤカンを離さずにポットに注げ、と物の本によると、そう言ってるんだけどね。生憎《あいにく》と、この部屋にはガス台まではないんだ。多少、湯の温度が下がるかもしれないが勘弁してくれたまえ」

「だいじょうぶです」

それより部屋にガス台があったらヤカンまで持ち込む気だったんですか？

「この紅茶はインドに行った友人が送ってくれたものなんだ」

「ご旅行ですか」

「フィールドワークだよ」

「仕事ですか」

「いいや、研究さ。友人は研究者だから」

言っている意味がわからない。研究者という職業なんだから研究が仕事なのでは？

「ああ、そうか。うん、世間的にはそういうことになるのかな。私もそうなんだが、どうも仕事をしているという意識が薄くてね」

「そうなんですか？　ええと、じゃあ、何をしているんですか」

「生きている」

はい？

「少なくとも私は生きているだけなんだ。研究者という生き物なだけなんだよ」

「……ちがいがわからないです」

「だろうね。わかってくれるひとが少なくて、なかなか説明に苦労するんだ」

茶葉を蒸らし終わると、カップの中の湯を捨てて紅茶を注ぐ。

香りが白いカップから立ち昇り、鼻先へと漂ってきた。

「残念ながら今日はお茶請けはない。いつもなら何かしら用意しておくんだがね。切らしていて――」

「だいじょうぶです。ありがとうございます」

「まあ、体験講義まで時間もないしね」

互いにソファに向かい合って座り、しばらく紅茶を黙って飲んだ。

両手でカップを抱えるようにして持ち、紅《あか》い液体を喉の奥へと放り込むと、クーラーの効いた部屋のなかで冷えていた体がじわっと温まる。胃のあたりにぬくもりを感じて、私はほうと息を吐いた。

「実はキミのことは読売《よみうり》クンから聞いていてね」

「私のことを？」

「正確に言えば、キミたちのことを、だな。ええと……なんといったかな」

「浅村《あさむら》くんのことですか」

「ああ、浅村くんと言うんだね」

「っ……知らなかったんですね？」

「ご明察」

しれっと悪びれもせずに言った。

つまりさっきの忘れたような口ぶりは浅村くんの名前を聞き出すためのフリだったわけだ。

まんまと引っかかってしまった。

「名前までは知らなかった。以前からバイト先に面白い子がいる、とだけ聞いていたんだ。それがふたりに増えたという話もね。だが名前は教えてくれなかった。ああ見えて読売クン、個人情報保護にはうるさくてね」

「ああ見えて、って……読売先輩は普通にモラルのある立派な方だと思いますが」

「おお、先輩呼び。もう大学に受かった気分とは、なかなかの強者だ」

「……読売さん」

私はむすっとしながら言い直した。バイト先の話だとわかってるだろうに意地の悪い。

「はは。無理しなくていいよ。ちょっと意地悪しただけだ。いや予想以上に面白いねぇ、キミたちは」

「浅村くんとも会ったことが？」

「もちろんない。だが、あの読売クンが面白がるんだし、その相方のキミがここまで面白いんだから、もう片方も面白くないわけがないだろう？　浅村くんとやらもぜひ話してみたいものだね」

私は口をへの字に曲げてみせて、なけなしの抵抗アピールをしてみた。なんとなく、このひとに浅村《あさむら》くんを近づけたくない、などと思ってしまったのだ。

「では本題に入ろうか」

「本題……って？」

工藤《くどう》准教授の顔がわざとらしく驚いた顔になった。

「何を言っているんだ。君の悩みに答えを授けられるかもって言っただろう」

「ああ」

そういえばそうだった。

「率直に聞くけど、キミは浅村くんとやらのことを好きになってるんだろう？　そして彼は、世間一般の倫理に照らし合わせて、好きになってはいけない相手だ」

「なぜそう思うんですか」

「そう訊《き》くってことは、やっぱりか」

「……私、あなたのことあまり好きじゃありません」

「はっはっは、正直な子は好きだよ」

そう笑って、工藤准教授は続ける。

「いやね、バイト先での君たちの様子から妄想を膨らませていてね。あきらかにお互いに気がありそうなのに距離を保とうとする、なぜだ？　そう考えたら禁忌に抵触するからでは、と。たとえば義理の兄妹《きょうだい》同士、とかね」

ほんとに率直だ。豪速球ストレートすぎて受け取るのに苦労する。

「わざわざ義理、とまで断定するんですね」

「血が繋《つな》がっていたら悩むまでもないかと思ってね。……で、浅村くんのことは好きなんだろう？」

「……まあ、良い兄だと思います」

「そういう好き、じゃない。恋愛感情をもっている、という意味だ」

「……兄ですよ？」

「だが他人だ」

「義理でも、兄です」

「三か月前になったばかりのね」

時期まで特定されている。少ない情報を継《つ》ぎ接《は》ぎして正解に至るなんて、つくづく厄介な人だ。

「でも、家族だから。そんなはずない。だって、お母さんは浅村くんに頼られて、あんなに嬉《うれ》しそうで。きっとそれは浅村くんが、お母さんの愛しているお義父《とう》さんの、大切にしている子どもだからで」

「周りの話はどうでもいいんだ。沙季《さき》ちゃん、キミがどう思ってるかだ」

「私が……」

私は迷った。こんなあやしい先生に言ってしまっていいのだろうか。それにこのひとは読売《よみうり》さんの先生だ。迂闊《うかつ》なことをしゃべったら、もしかしたら、読売さんにも知られてしまうかも――。

そう、思うのに。

「自分でもわからないんです。でも、なんか意識してしまっていて……」

気づいたら私は自分のこの三か月間に起きた変化について語ってしまっていた。

ひととおり語り終えてから残っていたニルギリに口をつける。冷めた紅茶は苦みが増している気がした。

「これが、恋愛感情なのかなって……」

「ふむ。なるほど」

工藤《くどう》准教授はソファの背もたれに体を預けると、やや上を向いたまま目を閉じた。両腕を胸の前で組んで考え込む。右手のひとさし指だけをトントンと動かして左の二の腕を叩《たた》いている。

「ふむ」

目を開けると、窓の外を向いて眺める。

「勘違い、だな」

ぽつりと言葉を零《こぼ》してくる。

……え？


「どういう、ことですか」

「それは恋愛感情などではない、としたら？」

「そんな……」

——ことって、あるんだろうか。この苦しい気持ちが、勘違い？

「まあ、焦るな。ひとつずつ考えてみようじゃないか」

工藤准教授は腕を解《ほど》くと、そう言いながら右手の指を一本だけ目の前に立てて見せた。

そして、私についてプロファイリングをしてみせたのだ。


工藤准教授が指摘したのは、私の外見と内面についてだった。

「キミは今日は制服で来ているが」

「学校から言われてましたから」

ゆるい校風で知られる水星《すいせい》だが、オープンキャンパスのような進学・就職関連の催しに参加する場合はドレスコードを守るようにと言われている。

要するにスーツか制服かどちらかにしろということで、スーツなんて大抵はもっていないから制服で行くことになるわけだ。

「キミの普段の恰好《かっこう》は読売クンから聞いているよ。なんというか……戦闘力が高めの服を着ているそうだね？」

「ええまあ」

このひとにはファッションは戦闘力、と言って通じるのか。真綾《まあや》に言っても、なかなか理解してもらえなかったりするのだけど。

あの子、弟たちを着せ替えるほうが楽しそうだしね。

「二回攻撃できるのか、範囲攻撃できるのか知らんが」

「その冗談、流行《はや》ってるんですか？」

浅村《あさむら》くんにも似たようなことを言われたような。

「まあ、そんなにつっかかるな。おそらく大勢の目には、ファッションで遊んでいるように見えるだろうな」

私は工藤《くどう》准教授の言葉に、昨日の佐藤《さとう》担任の言葉を思い出した。ファッションが派手で心配していた、と指摘されたばかりだ。確かに、周りの人々は私のことを渋谷《しぶや》で遊びまわっているようなひと、と思っているようだ。

面倒なのでいちいち反論などしてこなかったけれど。

「だが、そのお洒落《しゃれ》は演出だろう？」

「演出……」

「周りに自分のファッションセンスをアピールしているだろう、という意味だ」

「ああ……」

言われてみればそうかもしれない。少なくとも隠しておく気はなかった。

勉強ばかりでお洒落もできない——。

かわいいけれど中身はからっぽ——。

どちらも言われたくはなかった。どっちでも負けたくはなかった。

これは浅村くんにも前に言ったことがある。私は自分を育ててくれたお母さんを尊敬しているけれど、お母さんの見た目と学歴だけを見て、尊敬するに値しない人物とレッテルを貼るひとはたくさんいる。

そういう人たちを黙らせてやりたかったのだ。

「キミの外見は意識して作りだされているものだ」

「そうですね」

「そしてキミの内面だが……まだ二年生なのに国立のレベル高めの大学のオープンキャンパスに来てる時点でわりと真面目側だとわかる」

「三者面談で勧められたんです」

「いやいや。私の言いたいことはそういうことじゃない。キミが外見でアピールしているようなキャラクターは、たとえ学校の先生に勧められたからって、ここまで来たりはしないよ」

そうだろうか。なにか……ちがう気もする。

「それはちがいます」

私が反論すると、ほう、と工藤《くどう》准教授は息を吐いて、如何《いか》にも面白いという顔をした。

「反論してくれたまえ」

「私は『遊んでいる女の子』を演じたいわけじゃないんです。遊んでいることをアピールしたいんじゃない。ちゃんと自分の外見に似合った『可愛《かわい》い』とか『きれい』を達成することが可能だと周りに示したいだけで」

お母さんのように。

「ほうほう。それで？」

「ここに来たのも、真面目な人物だからじゃなくて、『賢い』を示したい。その一環です」

「キミはこのオープンキャンパスに来ることをわざわざ周囲に宣伝したと？」

「いえ。そんなことはしていません。でも私は、ここに来ることで自分の人生をより良いものにできると考えました。私は私自身にそれを証明したいんです。さぼっても誰も気づかないかもしれませんが、誰も見ていなくても私の行動は私自身が見ています」

私がきっぱりそう言うと、工藤准教授はじっと私の目を見つめた。

視線を逸《そ》らしたら負けな気がしたので睨《にら》み返《かえ》す。

しばらく合わせていた視線をどちらからともなく逸らすことになり、工藤准教授は残っていた紅茶を飲み干してから立ち上がった。

「なるほど、キミのその矛盾して見える外見も内面も、どちらも、自分の意志で作り上げているものだと言うんだね。だが、それはこうも言えるよ？」

「なんでしょう？」

「キミは、『他人にトコトン弱みを見せたくないタイプ』だと」

はっとなる。

「いいかい。キミはいまとても重要なことを言った。外に見せている行動も、内なる行動も、どちらも同じ原理で動いている、と。そのキーワードは『負けたくない』だ」

私は何も言わず黙って話の続きを待った。

「キミは四六時中戦っているわけだ。しかも独りで。外に出るときも、家に籠っているときも。弱みを見せないよう。負けないよう。だが、そういうタイプほど実は愛情や承認に飢えていて、ちょっと支えられたらすぐになついてしまう」

「なついてって……」

頭のなかでは、尻尾を振りたくって飼い主に飛び掛かっていく犬の動画が反復していた。

わんこか、私は。

飼い主の顔が浅村《あさむら》くんだったことは、この際無視しよう。

「この研究をしていると見かけるのにこういったケースがある」

「どういうケースですか？」

「義理の兄妹《きょうだい》や義理の父娘《おやこ》など、とつぜん他人と同居しなければならなくなったケースだ。いままで異性からの承認に飢えていた人間が、異性と接する機会が増えると恋愛感情に近いものを抱きやすくなる」

……私が、そのケースだと？

一瞬、頭が沸騰しそうになり、深呼吸して私は自分の心を落ち着けた。

「反論です」

「どうぞ」

「その理屈では、成長には異性からの承認が不可欠であり、それが欠けると、自然な欲求以上に、ちょっとしたことで異性に特殊な感情を抱くようになるのだ、と言っているように聞こえます」

「何か問題が？」

続きを言ってみろ、という意味だと解釈する。

「その前提はそもそも正しいんですか？　そうでなければ現代においてその理屈は不適切だと思います。同性婚やシングルマザー・ファザーの存在を否定することになるからです。また歴史的に見ても、男女は必ずしも異性を身近に置いて育つとは限りません」

「例えば？」

「男女七歳《だんじょななさい》にして席を同じゅうせず、という言葉がありますよね」

「ああ、あるね。古くさい言葉だとは思うが」

「でも、昔はそう思われていたのでしょう。だから、存在するんじゃないですか。全寮制の女子高とか……女子大とか」

「おっと」

一矢報いることができたろうか。

「おっしゃっている理屈だと、そのような環境で育った者は異性に接する機会がちょっと増えただけで相手に対して恋愛感情を抱くようになる、となりますよね」

「うんうん。それでそれで」

楽しそうだな。

「先ほども言いましたが論拠となる研究結果を教えてください。それでなければ考えることも無意味な気がします。そもそもそれは私が育った環境を否定することになりますし」

母に女手ひとつで育てられたからチョロい女になりました、なんて言われて黙っていられるわけがない。

「生物としての本能が理性のとおりに動いているとは限るまい？」

「むしろ本能を社会に従わせるために理性があるのだと思うのですが」

「なるほどそういう見方もできるね。それで？」

「成長において適切な異性からの承認がなければ恋愛感情が暴走する、というのも論拠がなければ、単なる主張のひとつにすぎませんよね。それって、要するに『子どもには両親が必要だ』という古い社会規範を言い換えただけです。賛成できません」

「現代の社会規範はちがうと？」

「ちがうと私は信じます」

「信じただけでは物事は解決しないよ」

「しかし、生物において必須な環境が万が一あったとしても、本能に従った結果だけに頼るのは理性と知性の敗北かと。それが達成できるよう、社会の規範を作りかえるべきであって、慣習的な道徳を無批判に適用するのは、ええと、つまり――君の子どもには父親が必要だよ、なんていう口説き文句を考え無しに叫ぶのは――くだらない、と思います」

挑むように言うと、ソファの後ろに立って両手を背もたれに乗せていた工藤《くどう》准教授は大きく頷《うなず》いて言う。

「つまり、そういうことを考えるのが、倫理学だよ」

――っ！

全身から一気に力が抜けた。

そういうことか。

「証拠、論拠。いくらでも引用はできるけどね。それこそ生物学や心理学の論文から引用すれば、先の仮説を支えてくれる研究はいくらでもあるんだ。——しかしそれはあくまでも大きなくくりの、そう、傾向でしかないし、キミの納得できる答えも示してはくれない。あくまでキミの心の問題は、キミだけにしか適用されないからね」

「……なんだかひとりで踊らされた気分です」

ソファに背を預け、私はクラゲかナマコになったかのごとく弛緩《しかん》した。天井を見上げながらため息をつく。

「読売《よみうり》先輩、毎日、こんなことやってるんですか……」

工藤准教授はソファに戻ってきて、どかっと腰を下ろした——ブランドスーツに皺《しわ》がよりそうで、気になる——そして「そうでもない」と言った。

「せいぜい、週に、二、三度といったところだね」

「……充分ですよ」

疲れた。本当に疲れた。もう一週間くらい、ものを考えたくない。

「先生は疲れないんですか……」

「どうだろう？　よくわからないな。なにしろ私は、考えない、というのが苦手でね。こういうことをずっと考えている。寝るとき以外はずっと……まあ、たまに夢のなかでまで考えていたりもするが」

「休まないんですか」

「休めないんだ。何度かやろうとしてみたことはあるんだけど、どうやってもできなかった。私の思考が止まるときは、おそらく死ぬときなんだろうね」

泳いでないと死んじゃう魚みたいだ。

なるほど、「倫理学者として生きているだけ」という言葉の意味が、なんとなくわかった気がする。

「まあ、以上の議論を踏まえた上での、これは老婆心からの忠告みたいなものだけどね」

「はあ」

「キミはその浅村某《あさむらなにがし》というやつのことを好きだというが、そもそもキミはそいつ以外の男子の深いパーソナリティーなんて知りやしないだろう？」

「う……まあ」

浅村くん以外に私が知っている男性なんて、子どもの頃の父親のかすれた記憶と、ここ三か月ほどのお義父《とう》さんくらいなものだ。

「距離の近い異性が偶然ひとりしかいなかったから、好きになっただけ。そうじゃないと言い切れるかい？」

意地の悪い問いかけで申し訳ないけどね、と工藤《くどう》准教授は言った。これまでのやりとりから考えると、このひとが謝罪の言葉をにじませながら語るなんて意外に感じる。

「言い切れるかと言われると……もちろん断言なんてできませんけど」

「だったら、まだ若いんだからいろいろな人間と交流して試してみればいい。そうすれば案外、他にも魅力的な男子がいるんだと気づいて、そんなに悩まなくても良くなるかもしれないだろう？」

「他の人間、ですか」

「別に恋人を作れ、というつもりはないよ。交流って言っただろう。視野の狭さはどんなことにおいても理性と知性の敵だ」

「それはそうですね……同意します」

「聞き流してくれてもいいけれどね。これは倫理学の先生としてではなく、人生の先輩としてのアドバイスというやつだ」

ただ、と付け足す。

「他の魅力的な男子と交流してみても尚《なお》、自分の感情に変化がないのであれば、そのときはその本物の感情を大切にしてあげなさい」

そう言いながらソファから立ち上がり、すっかりクラゲとなっていた私のほうに手を伸ばす。壁の時計をちらりと見ると、そろそろ講義の始まる時間だった。

私は差し出された手をつかんで立ち上がる。

「そうそう。そういうふうに素直になるのも大切だよ、沙季《さき》ちゃん」

「……やっぱり名前じゃなくて、綾瀬《あやせ》で呼んでもらっていいですか」

すごく残念そうな顔をされた。

私の顔に疲れが見えたからだろうか。出迎えてくれた読売《よみうり》さんがとても心配してくれて、そのあとはずっと、いつものように後輩弄《いじ》りをするでもなく優しくしてくれた。

オープンキャンパスの倫理の講義はとても面白かった。

兄と妹の恋愛がテーマだったのだ。

倫理というのは時代によって変わるものだと前置きし。

義理の兄妹《きょうだい》の恋愛が許されないと感じるのは、たまたま現在の社会全体の倫理がそうなっているからに過ぎず、個人の価値観とは関係がない、と断言した。

社会倫理は常に、個人の自由な意思決定で倫理が破られるたびに、後から更新されていくものなのだ、と。

そういう内容だった。

語っているのはもちろん工藤《くどう》准教授。

教室前方のスペースを右に左に飛び回り、ホワイトボードにキーワードを書き連ねながら口角泡を飛ばして語り続けた。

最後の十分間に質疑応答の時間があったけれど、誰も手を挙げることがなく。

残念そうな顔をしつつ工藤准教授は退室したのだった。

気力と体力が残っていれば、幾つか訊《き》きたかったけれど、さすがに疲れすぎていた。

いつか——遠くない機会に訊いてみたい。

訊ける気がした。

まずは浅村《あさむら》くん以外の人達のことも、しっかり見てみよう。

視野の狭さは理性と知性の敵——工藤准教授の言葉を私は噛《か》みしめながら家路についたのだった。

街道を駅へと向かって歩く私の背を風が押す。

涼しさを感じる秋の風だった。

●9月26日（土曜日）　浅村悠太《あさむらゆうた》

朝食を食べてすぐに家を出て、表参道《おもてさんどう》を自転車で走る。

まだ朝の九時前だというのにひとの出は多く、道路脇の歩道を見れば、歩いているひとたちは隣と肩が触れそうなほどだ。

休日の表参道なんて歩くもんじゃないよなぁ。俺は我ながら陰の者らしい発想だなと思いながらペダルを漕《こ》いだ。

風のなかから徐々に夏の気配が抜けている。陽《ひ》ざしで焦がされたアスファルトの匂《にお》いも感じなくなっていたし、肌をちりちりと焼かれる感覚も弱い。もうすぐ秋が来る。

駐輪場で自転車をとめて予備校の建物を見上げた。

土日だけ通うことにしてから、そろそろ一か月か。

夏期講習明けの実力テストで明らかに点数が伸びたから、せっかくだしこのまま正式に通いたい、そう両親には説明してある。

嘘《うそ》ではない。

けれど、実際のところはなるべく他のことに没頭して、綾瀬《あやせ》さんへ抱いてしまった想《おも》いを振り払いたいと考えたからだ。バイト代が学費でかなり消えてしまうがしかたない。

そして現実逃避も突き詰めれば大きな成果を生むようで、学力がより上の大学への進学も現実的な選択肢になりそうだった。

そのあたりは先日の三者面談でも言われたことだ。

建物の入り口から入ってすぐで、俺はいったん立ち止まる。いつもならこのまま授業を受けていくところだけれど、少し思うところがあって俺は予備校の案内図を見ながら教室とは別の場所を目指した。

『自習室』

扉の上に貼られたプレートを確認する。

気づかなかったが、本当にこんな教室もあったんだな。

静かに扉を開ける。

ずらりと並ぶ机には、それぞれ間仕切りが置かれていて、集中を妨げない作りになっていた。ただ、勉強している人数はさほど多くはなかった。

まあ、それは理解できる。予備校とは講師の授業を聴きにくる場所と思い込んでもおかしくないし、自習したいなら図書館やカフェに行くだろう。それと、俺のようにそもそも自習室の存在を知らないという生徒もいそうだ。

並ぶ生徒たちの最後列に予想していた顔を見つけた。藤波《ふじなみ》サマーセールさん、もとい、夏帆《かほ》さんだ。

ちょうどその列が空いている。なるほど最後列なら後ろに生徒がいないから、より集中できるというわけか。

ふいに顔を上げた藤波《ふじなみ》さんが俺に気づいた。軽く頭を下げて挨拶をすると、藤波さんは無言のまま指を唇に当てた。自習室では私語厳禁だと言わんばかり。まあ、声を出す気はなかったけれど。

最後列に座り、俺はそのまま鞄《かばん》から学習用具を取り出した。そして藤波さんとはとくに会話のないまま（当然だ）無言で勉強を開始する。

しばらく問題を解いていると、俺は自習室の快適さに気づいた。

クーラーは効いているし、左右の仕切り板のおかげで手元しか見えないから集中力もあがる。そして周囲は勉強しているひとしかいないから、自然と気合も入る。このあたりは誰でも入ってこられる図書館とか喫茶店よりも良いところだ。

集中が解けて、気づくと昼を回っていた。

腹が小さく鳴る。見れば周りの生徒の数も減っている。どうやら昼食を摂《と》りに行ったようだ。俺は机の上を片づけると、コンビニにでも行って昼食を買おうと席を立つ。

藤波さんも俺とほぼ同じタイミングで席を立って、こちらに向かって歩いてくる。

あれ？と思ったが、周りの迷惑になるといけないので、部屋を出るまでは口を開かなかった。

廊下に出たところで声をかける。

「藤波さんもお昼？」

「はい。それと……」

「ん？」

「わざわざこちらのほうに来て座ったので、何か御用があるのかな、と」

「ああ、ええと――」

そういう気持ちもなかったわけじゃない。シミュレーションゴルフ場で出会ったときから、もういちど話してみたいとは思っていたから。でも――。

「大した用があるってわけじゃなくて……」

「あ、そうでしたか」

「……っと、その前に昼食を食べるなら、急いだほうがいいんじゃない？」

「あたしはコンビニで済ませるつもりでした」

「俺もそうだけど」

「では、先に何か買ってきましょう。談話室で食べられますよ」

「そこも利用したことなかったな、そういえば。じゃあ、買いに行こうか」

「そうですね」

藤波さんから聞いたところによれば、談話室というのは生徒ならば誰でも使える休憩室のようだ。そこで食事を取ることもできるようになっている（ただ、ジュースはＯＫだが、ラーメンやうどんのような汁もの、匂《にお》いのきついものはNG、のような規定はあった)。

まあ、バイト先の休憩室と同じようなものかな。

予備校の隣にあるコンビニで食事を買う。俺は総菜パンとお茶のペットボトルを買い、藤波《ふじなみ》さんはいちどおにぎりに手を伸ばしてから引っ込めて、フルーツサンドと野菜ジュースを買っていた。

談話室に持ち込んで、なんとなく同じテーブルに座って、俺と藤波さんは食事を取りながら話を始めた。

といっても、俺は彼女と話をしてみたいとは思っていたが、何を話したいとか具体的な内容を考えていたわけじゃない。

だから、会話は早々に行き詰まってしまった。

「ほんとに大した用があったわけじゃないんですね」

呆《あき》れたように言われて俺は少々凹《へこ》んだ。まあ、確かにね。自分でも何をしているんだろうと思っているところだ。

「うん、まあ」

「お断りしようと思ってたんですよ。『あの、予備校には勉強に来てるので、そういうのは……』と」

つまり、ナンパ目的で近寄ったと思われていたわけか。

「そういうのじゃないよ。ただ、この前、話していてちょっと気になってさ」

「それ、ナンパの常套句《じょうとうく》じゃないですか。キミのことが気になって、とか」

「……そう、かな？」

「はい」

「それは悪かった。気に障ったのなら謝るよ。ごめん」

俺は真摯に頭を下げた。

「いいです。そういうんじゃなさそうだし。まあ、その手の女って見られるのは、あたしとしてはもうイヤなんで」

「その手の……って？」

「ナンパしやすい女ってことですね。学校に行ってないので、遊んでる女って見られがちで。ま、あながち間違ってはいないってところが泣けますけど」

「学校に行ってない？　あ、ごめん。気に障ったら」

「だいじょうぶです。正確には、お昼には学校に行ってない、です」

「昼に。ああ、つまり、定時制の高校？」

「活動時間が全日制と違うんで、知らない人からは行ってないように思われるんです。で、ね。浅村《あさむら》さん……定時制・女子・深夜にゲーセンに出没、と聞いたら、どう思います？」

どこかで聞いたような言葉だ。

「定時制高校に通ってる女子が深夜にゲーセンに来たのかなって思うかな」

じとっと目が半眼になった。

「それ、ほんとですかね？　特殊なやつ、素行に何らかの問題がある女子、って認識してません？　遊んでるからナンパしやすいだろう、とか」

なるほど。

それで俺もナンパに来たと思ったわけか。

「ごめん。正直、定時制に通っているひとが身近にいなかったから、そのあたりの印象を抱こうにも抱きようがないんだ。気に障ることを言っていたら謝るけど、でも、別に藤波《ふじなみ》さんをそういう目で見たことはないなあ」

「ふーん。それは……ほんとだったら、公正な見方でいいですね。とても、いい」

「そうだなあ。気にしていたのは、どちらかといえば——」

これはこれで偏見なのだが。

「藤波さん、そんなにゴルフ好きなの、ってところかな」

俺がそう口にすると、彼女は目を見開いて俺を見た。

「そこですか」

「意外だし、だって気になるじゃないか。あんな夜遅くに、シミュレーションゴルフ場にまで女の子が来ていたらさ」

「別に行きたくてあの時間に行ってるわけじゃないんですけど。仕事と学校のあとで行ったらあの時間になるんです。必然です」

「うん、定時制と聞いて、そこはさっき推測できた」

定時制というのは、働いているひとに教育の機会を与えるために作られた形態だ。だから定時制の高校に通うのは、仕事が終わった後ということになる。必然的に学校が終わるのも遅くなるわけで。そこまでわかれば深夜にあの場所を訪れた理由はわかる。

ただ、そこまでして通う動機のほうは不明だった。

「家族がゴルフ好きなんですよね。一緒にできるようになったら喜ぶと思って……」

「へぇ」

「あたしの家、今はそこまで裕福じゃないんですけど。ただ、あのひとたち、大学のゴルフサークルで出会ったらしくて。今でもゴルフは好きらしいんですよね。あたしが上手《うま》くなれば、いっしょにコースを回れたりするかなぁって」

「そうか。それはいいね」

相槌《あいづち》を打ちつつ、自分の家族を「あのひとたち」と言ったことには違和感を覚えた。

プライバシーに当たるだろうから、それに何も言わなかったけれど。

しかし、こうして間近で藤波さんを見ると、改めて彼女の身長の高さがわかる。１８０センチはあるんじゃないだろうか。

休日だというのに服装は装飾品の類を一切つけない地味め。言葉遣いも丁寧で、ナンパされやすいと言っていたが、ふつうに話しているだけなら、水星《すいせい》の優等生と言われても通る気がする。地頭の良さは会話をしていればわかる。

ふと、彼女の両耳にピアスの穴が空いていることに気づいた。

『遊んでる女って見られがちで。あながち間違ってはいないってところが泣けますけど』

空いた穴には何もつけておらず、そこだけむしろ違和感を覚えてしまう。何かワケアリなのかもしれないな。

「浅村《あさむら》くんは、なんでもそうやって公正に見るんですか？」

「どうかな。そうであるようには心掛けているつもりだけど……」

視野狭窄《きょうさく》や傲慢やナルシシズムを避けるよう心掛けるようになったのは、これまでたくさんの本を読んできたからだと思っている。

「そうですか。うん、ちゃんと浅村くんは公正に接しているようにあたしには見えます」

「ありがとう。そうなっていれば嬉《うれ》しいね」

俺がそう返すと、藤波《ふじなみ》さんはかすかな笑みを見せた。

「あたし、予備校でわざわざ他の生徒と会話する必要はないと思っていたけれど、浅村く

んとの会話は楽しいです」

「そう、かな」

「明日も自習室にきますか？」

「土日は午後の授業を取っているから、午前中ならこれる、けど」

「じゃあ、またお昼をいっしょに食べよう」

今までよりも幾分か、砕けたしゃべり方になって彼女は言った。

「わかった」

彼女がゴミをまとめて立ち上がった。

俺も後を追いながら問いかける。

「ああ、そういえばちょっと気になってたんだけど」

「えっ……なに？」

「コンビニのおにぎり。気に入った具がなかったの？」

そう尋ねたら、今まで落ち着きのあった彼女がわずかにうろたえた。

「見てた？」

「ええ、まあ」

「あー。うん。最初はおにぎりもいいかなって思ったんだけどね。ほら。おにぎりってさ」

なんだろう？

「海苔《のり》が歯にくっつくでしょ？　で、諦めた」

「あー」

「じゃ、また明日ね！」

逃げるように彼女は自習室へと向かって早足で歩きだした。

その背中を見送りながら、午前は自習室で勉強、午後は講義っていうのはなかなか効率的かもしれないな、と俺は思っていたのだった。


暑さもやわらいだ夕方。

俺はふたたび自転車を飛ばして、予備校からバイト先の書店までたどりついた。

ユニに着替えて店に入ると、店長から仕事の指示を出される。今日は自分と一緒にレジに入ってくれと店長から言われた。珍しい。

「読売《よみうり》くんも綾瀬《あやせ》くんもいないからね。今日はおじさんと仲良くレジ打ちだ。ごめんね」

「いえいえ。というか、ふたりとも今日はシフト入れてなかったんですね」

綾瀬さんが今日いないことは知っていたけれど、読売先輩も、とは知らなかった。

「そうだね。読売くんは大学の用事があると言ってたよ」

「大学の？」

「オープンキャンパスの手伝いだそうだ」

「そうでしたか」

「最初は終わってから来ようとしていたらしいけどね。僕が直接聞いたわけじゃないけど、『疲れ果てさせられる先生がいるんですよー。だから、バイトに出られる気力は残ってないよぅ』と言っていたそうだよ」

店長、わざわざ声真似《こえまね》までしなくとも。

読売《よみうり》先輩を疲れさせる先生、か。もしかして先月くらいにパンケーキ屋で見かけた人だろうか。

そういえば、綾瀬《あやせ》さんも今日はオープンキャンパスに行くと言ってたけど、同じ日になんて珍しい偶然もあるもんだ。もっとも、長期休暇中を除けばやれるのは土日祝日だけだろうし、どの大学もそのへんでやるのが普通なのかも。

店長曰《いわ》くの有能バイトが、ふたりも同時に欠けてしまえば仕事の効率も落ちる。レジが混んでくると、もう仕事のこと以外を考える余裕はなくなった。

そのまま俺の今日のバイトはレジ打ちに忙殺されて終わってしまった。

家に戻り、リビングに入る。ひとの気配があることには気づいていた。

ただ、てっきり親父《おやじ》だと思っていた。

「お帰りなさい、兄さん」

「……ただいま。あれ？　夕食は？」

「まだ。兄さんもでしょ？」

言いながら、綾瀬さんは味噌汁《みそしる》を鍋からお椀《わん》へとよそう。

俺はそのまま冷蔵庫を開けてサラダを取り出すと、ドレッシングとともに食卓に並べる。いつも付箋紙に書かれた指示に従ってこなす作業だから体が覚えている。納豆《なっとう》と、それから、あとは――。

「秋刀魚《さんま》を焼いてあるから」

「じゃあ、大根おろしか」

大根をすりおろす時間はもったいないから、チューブ入りの大根おろしを今日は使わせてもらおう。

「ご飯はどうする？」

「軽く一杯でお願いできるかな」

取り皿と箸《はし》をふたりぶん用意して整えてから、綾瀬さんに訊《き》く。

「なに飲む？」

「私は温かいお茶でいいよ。そろそろ涼しいし」

「了解」

急須に茶葉を入れて、保温ポットから湯を注ぐ。蒸らしている間に、湯呑《ゆのみ》をふたりぶん用意しておいた。

「ありがとう」

「いや、料理作ってもらっちゃったし、今日はオープンキャンパスだったんでしょ。疲れてるだろうに」

「バイトほどじゃないと思う」

ひととおり支度を終えると、いただきますを言ってふたりで遅い夕食に取り掛かった。

どちらからともなく今日あったことを互いに語り始める。

俺は予備校でのこと。

それまで気づかなかった『自習室』という部屋があることを知ったこと。そこではかなり勉強がはかどりそうだということ。

「へえ。そんなとこ、予備校にあるんだ」

「綾瀬《あやせ》さんは予備校には行ったことが？」

「ないよ。ちょっと高いし」

それから綾瀬さんのオープンキャンパスの体験談になった。

「えっ、ほんとに読売《よみうり》先輩がいたの⁉」

綾瀬さんが頷《うなず》いた。

「でも、ほんとに、ってどういうこと？」

「店長から聞いたんだ。読売先輩もオープンキャンパスの手伝いで休みだって。で、ふたりとも同じ理由だったたって知って」

「ああ。それで……」

「で、大学の雰囲気はどうだった？」

「疲れ果てた」

「え？」

「あ、うん。ちがうよ。オープンキャンパス自体はおもしろかった。大学って、ああいうことを学ぶんだなって、ちょっとわかった。学ぶっていうか……ちがうかも」

「どういうこと？」

学校というのは学びの場なのではなかろうか。

「うん。そうなんだけど……。なんていうのかな。それよりも、『考える場』なんだと思った。それも、誰かに考えてみなさいって言われるんじゃなくて、自分で自分の考えることを見つけることから始まる、みたいな」

正直、綾瀬さんの語ったことを、すぐにわかったとは言えない。

俺の知る学校という場と、今日、綾瀬さんが見つけてきた大学という場所には何かわからないけれど、ちがうものがある気がした。

「それで、そこにすごくヘンな先生がいて」

「ヘン？」

「としか言いようがなくて……。で、ちょっと議論になっちゃったんだけど」

えっ、初対面のひとと、綾瀬《あやせ》さんが議論に？

俺は率直に驚いてしまった。

綾瀬さんは世間の理不尽に対して常に戦っているひとではあるけれども、面と向かって相手と激論を交わすようなタイプではないと思ってたから。

「白熱しちゃって。終わったらもうぐったり」

「でも……、楽しかった？」

俺が言うと、綾瀬さんはびっくりしたように目を見開いた。

「え？　あ、うん。そう……だけど。わかるの？」

「疲れたって言いながら、けっこう楽しそうに見えたからね」

「……そっか。わかっちゃうんだ」

顔を明後日《あさって》のほうに向けながら、そんなことをぽつりと言った。

「月《つき》ノ宮《みや》、行ってみたくなった？」

「行けるかどうかわからないけど……頑張ってみたくなったのは確かかも」

そうか。よかった。

綾瀬さんは新しいことに挑戦して、興味を惹《ひ》かれる相手に出会えたんだな。新しい出会いがあったんだ。まあ、俺の知らないところで、俺の知らない相手と、というのが気にならないといえば嘘《うそ》になるけど。

「で、あ、……兄さん、のほうはこれからも自習室に通うの？」

「まあ、そう……かな。明日も行くと約束しちゃったからなあ」

「約束？」

「ん？　ああ、自習室のことを教えてくれたひとだよ。明日もいるから、いっしょに昼飯でも食べようってことになってね」

「そうなんだ。よかったね、兄さん」

よかったね――そう、これは良いことのはずなんだ。

綾瀬さんが大学に行きたいと思うような出会いがあったように、俺に予備校で会話のできる相手ができたように、互いに俺たちは新しい交流を増やしている。

これが正常な在り方なんだ。

「明日は私、夕食作れないから」

綾瀬さんは明日の日曜日にクラスメイトたちと勉強会をするのだと言った。

「わかった。そうだな、明日は俺も忙しいから……お互いレトルトで済ませようか」

俺も明日はまた予備校だ。バイトのシフトも入っている。

俺たちふたりともが、明日は予定があり、俺たちの行動は交わらない。

ごくふつうの十六歳の兄と妹に俺たちは少しずつ近づいている。

●9月27日（日曜日）　浅村悠太《あさむらゆうた》

まるで夏の最後のあがきのようだった。

太陽が昇るにつれて気温はひたすらに上がりつづけ、予備校にたどりつく頃にはおそらく三十度に届くほどになっていた。

逃げるようにして予備校の建物へと入る。

入り口の自動扉が閉まると、外の熱波が断ち切られて呼吸が楽になった。ため息のような息を吐いてから俺は歩きだした。

『自習室』のプレートの下の扉を開ける。

昨日とほぼ同じ時間にたどりついたにも拘《かか》わらず、部屋はかなり混んでいる。

首を振って探すと、昨日と同じ場所に藤波《ふじなみ》さんが座っている。幸いにも彼女の隣の席が空いていたので、俺はそこに腰を下ろした。彼女はとっくに教科書とノートを開いて自分の勉強を進めている。

俺は声をかけず、黙ったままノートと問題集を取り出し、期末テストの点がもっとも悪かった物理の問題集をやりこむことにした。

物理の期末テストの点は70点だった。

だから授業で教えられていたことがわからない、という訳ではない――と思う。良い試験問題が作られていたと仮定するならば、七割ほどは理解している、ということだから。

ただ、どうにも実際に式を立てて計算するのが苦手だった。

高校で教わる物理的な事象は本を読んでいても目にすることが多くて、授業で教わる前になんとなく頭で覚えていたりもしたのだけど。

計算だけは、手を動かして数をこなさないと、解く速度は上がらない。

さて……ふむ、なめらかな斜面上に置かれた物体に働く加速度の大きさを答えよ、か。

これは物理に限らず、試験問題を解くとき全般に言えるのだが、まずは問題文をよく読むことだ。

たとえば何気なく書いてあるこの「なめらかな斜面」という言葉。

これは「摩擦について考えなくていい斜面」という意味だったりする。

現実の坂道に置かれた段ボール箱が、そうそう滑り出したりしないのは、地面との間に摩擦が発生するからだ。でも高校の物理の問題に、そういう現実路線な問題は少ない。

ふと、大学だったらどうなるんだろう、と俺は考えてしまう。昨日の綾瀬《あやせ》さんとの会話が頭に浮かんでいた。

『誰かに考えてみなさいって言われるんじゃなくて、自分で自分の考えることを見つけることから始まる、みたいな』

つまり大学に行くと、自分が解くべき問題を自分で作れるってことだろうか。

もし斜面に摩擦があったらどうなるんだろう、とか。斜面の存在する場所が地球でなかったらどうなるんだろう、とか。そう考えると楽しそうだな。

そういえばSF小説にあったな。月面だから重力が小さくて、肌をすべり落ちる水滴が地球よりもゆっくりだった、みたいな。となると、月面のシャワーシーンを描くアニメは大変そうだな。

……加速度か、加速度ね。ええと。

鉛筆がノートの上を走るカリカリという音。紙をはらりとめくる音が隣からもかすかに聞こえてくる。こちらが一ページ解き終わって問題集をめくると、隣でもまるで張り合うかのようにページがめくられる。まるで競い合っているかのよう。奇妙な連帯感を感じて、おかしな気持ちになる。

俺は藤波《ふじなみ》さんの隣で、ひたすら問題を解いていた。

カタンと音がして、はっとなって顔をあげると、椅子から立ち上がった藤波さんが俺のほうを見ていた。

黙ったまま、藤波さんは鞄《かばん》を手にして廊下へと続く扉を指さしている。

えっ、もう？

慌ててスマホの時間を見ると、十二時を回っていた。集中していたらとっくに昼休みの時間になっていたらしい。

廊下に出た俺に藤波さんが言う。

「今日はコンビニじゃなくて、ファミレス行きませんか」

「ファミレス？」

「お財布に優しいところなら知ってますけど、どうします？」

「なるほど」

たまには外食もいいかもしれないな。

「じゃあ、そうしよう」

建物を出ると熱波が戻ってきた。

「暑いね」

「まあ、もうすぐ秋ですから。残暑もそろそろ終わりです」

天気の話をしているうちにファミレスに着いた。確かに藤波さんの言ったとおり、学生にもよく利用されているお財布に優しいリーズナブルなイタリアンチェーン店だ。

クーラーの効いた店内を案内され、通りに面した窓際のボックス席に、俺と藤波さんは向かい合わせで座った。

時間もあまり取れないことだしと、ふたりして手早く注文を済ませる。

俺はカルボナーラを、彼女はペペロンチーノを頼んだ。

「辛《から》いやつに、オリーブオイルをたっぷりかけていただくのが好きなんです」

「俺も辛いのは好きだけど……。今日はちょっと集中しすぎて腹が減ったし」

「気づいてませんでしたもんね」

「え？」

「あたし、しばらく浅村《あさむら》くんのほうを見てて……気づくまで待ってたんですよ」

そうだったのか。

椅子から立ち上がった音がしたから気づけたと思っていたのだが、ひょっとしたら俺は彼女に見られていた気配を感じたのかもしれない。

「声をかけてくれればよかったのに」

「周りの迷惑になるといけないですからね」

「そういえば、どうして今日はファミレスに？」

「浅村くんを見ていて、ちょっと気になったというか。じっくり、話したかったというか。やっぱり談話室だと、ひとの目が多いですから。あ、お水を取ってきます。ここ、セルフですから」

「俺が行くよ」

「いえ。座っててください」

「自分のぶんは自分でできるって」

押し問答になりそうだったので、結局ふたりで取りに行った。

おしぼりと水をもってきて席に座りなおす。

やや遅れてパスタが運ばれてきた。

藤波《ふじなみ》さんは、店内に置いてあるオリーブオイルをもってきてたっぷりとかける。さらに小さなミルになっているブラックペッパーの瓶を、ギリッと回して振りかけた。フォークでくるりと巻いて、そのまますするすると食べ始める。

慣れているように感じる。よくこの店に来るのかな？

それにしても、藤波さんが俺を見て気になったことって何だろう？　何か俺が妙なことをしていたんだろうか。

っと、そうだった。新しい交流ってやつを俺も頑張らないと。

「藤波さんって、本とか読む？」

「読書ってことですか？　そうですね、嫌いじゃないです」

微妙な返事だった。

「それは……積極的に好きってわけじゃないってこと？」

「ああ。いえ、そういう意味じゃないです。好きなほうですよ。娯楽のなかではもっともコストパフォーマンスがいいので。前にもちょっと言ったと思いますが、あたしはあまりお金持ちではないので、お金のかかる娯楽は難しいのです」

「あのゴルフ場。平日夜だと、文庫二冊ほどのお値段でたっぷり練習できるので、お得かなって」

「なるほど……」

上手《うま》くなれば家族が喜ぶというのもあるんだろう。

「浅村《あさむら》くんは、どんな本を読むんですか？」

「ええと……まあ、なんでも好き嫌いせず読むほうかな。大衆文学から海外モノまで特に選《よ》り好《ごの》みせず。SFやラノベも読むよ」

「ラノベ？　ライトノベルですか。それはジャンルではないのでは？」

俺は思わず笑顔になってしまった。そこがわかるとは。

「まあ、確かに。SFもあればミステリーもある。青春ものもあれば戦記ものもあるからなあ。スポーツものとかも……。確かにジャンルじゃないよね。俺たちの生まれる前にはジュブナイル小説って言われてたって話だし」

「そうなんですか？」

「ジュブナイルって、『少年少女向けの』って意味らしくて」

つまり、若者向けなら何でもジュブナイルなわけだ。ライトノベルも、若者がとっつきやすい軽い小説——くらいの意味だと聞く。諸説あるらしいが。

「SFが好きだから物理が得意なんですか？」

「得意、とは思わないけど……むしろあまり点数が取れないほうだし」

「そうですか？　午前中に解いていた問題集って物理のでしたよね？　あのスピードで解いているのだから、充分得意なのかと」

俺は驚いた。そこまで観察されていたのか。

「まあ。好きではあるかな」

「最近なにかおもしろい小説読みましたか？」

すこし考えてから俺は最近はまったSFの話をしてみた。世界中でベストセラーになった小説の翻訳版だ。元アメリカ大統領まで読んでいたという。まあ、誰が読んでいたかと自分がおもしろいと感じるかは別ではあるのだが。異星文明の描写がとにかく奇妙でスリリングで……わくわくした。

「書店で見かけました。でも、あれハードカバーですから、とても手が出なくて……」

「確かに。それはそうだね」

俺は読売《よみうり》先輩に勧められて読んだ。そうでなければ、幾らバイト代があるとはいえ高校生にハードカバーは荷が重い。

「もっと手に取りやすいのはありませんか」

「最近映画になったやつはどう？　あれは文庫で出ている。夏を探す猫の話」

「ああ、はい。そっちは読んでます。あれ元は海外ＳＦの古典ですよね。あれくらいならあたしにも理解できます。猫かわいかったです。映画のほうは予告編だけ動画で見ました。猫かわいかったです」

二回も言った。猫、好きなのかな。

「猫といえば、猫がいなくなる話もあるよね」

「ありましたねえ……」

しばらく猫の出てくる本の話題で会話が弾んだ。

そういえば読売《よみうり》先輩はミステリが好きで猫が探偵の小説を教えてくれたっけ。その話もしてみた。おもしろいんですか、と訊《き》かれたので、試しに読んでみたけれどおもしろかったよ、と答える。

人間よりも賢い猫が、事件を解決できずに迷う人間たちを教え諭すように、快刀乱麻《かいとうらんま》に事件を解決してみせるのだから、おもしろくないわけがない。そう話したら興味をもってくれたみたいだ。

本の趣味も合うし、物事の見方なんかも似ていて、まるで綾瀬《あやせ》さんと話しているときのような心地《ここち》好《よ》さがあった。

新しい交流ってやつも悪くないな、とそんなことを思いながら、ふと窓の外を見る。

綾瀬さんがいた。

陽《ひ》ざしを避けるようにしてコンビニの前で男子と二人きりで楽しそうに会話している。

なんでここに？

それにあの隣にいる男子は。あれは——誰だ？

思わず目を逸《そ》らす。遠目なのでわかりづらかったが、どこかで見たような男だった。

たしか綾瀬さんは今日は勉強会だと言っていた。何をやっているんだろう。なんで二人しかいないんだろう。他のクラスメイトは？

「はあ」

ため息に気づいて顔をあげる。

「あ……ごめん。なんの話だっけ？」

「いえ、今はなんの話もしてませんでしたよ？」

う……。これは気まずい。

まさか窓の外の綾瀬さんに気を取られてました、とも言えないし。

「そっか。ああ、ええと」

「無理して話題を探さなくてもいいです。まあ、あたしが気になったのはつまりそういうところですから。ゴルフ場で自習室の話をしたのは確かにあたしですけれど、昨日、浅村《あさむら》くんがやってきたときの様子を見てて——」

一瞬だけ、言おうかどうしようか迷った顔を見せた。

「——何かから逃げてきたような顔をしていたので」

逃げてきたような……。

藤波《ふじなみ》さんの言葉に、俺の心臓がきゅっと縮こまる。

「そんなふうに見えたんだ」

「ええ」

藤波さんが俺を見る目つきが変わった気がした。

すこし茶色がかった黒い瞳が、心の奥底を見透かすように俺を見つめる。レントゲンかMRIにでもかけられている気分だ。

「あなたのその顔が、あたしにはとても見覚えのある表情だったんで、ちょっと気になりましてね。ちゃんと勉強はしていましたから、真面目な性格なのはわかりました。だからナンパではない。となると、これは逃避先を探しているんだろうな、と」

「そう、なのかな」

自分では逃避のつもりはなかったけれど。言われると否定できない自覚もあった。

新しい交流を求めて踏みだした。そのはずが、後ろに向かって駆けだしていたってことになる。

だとすると、随分と失礼な話かもしれない。

逃げ込む先として藤波さんを見てたってことだから。

「ごめん」

「謝る必要ってないです。まだ何も悪いことしてませんし。気持ちはわかりますし」

気持ちがわかるってどういうことだろう。

「あたしも現実逃避したくて他人を求めた経験はあるから……。あ、すみません、最後にプリンだけ注文させてもらっていいですか？　ここのプリン、めっちゃおいしいんで」

言いながら注文のタブレットを操作していた。

「これが唯一の楽しみです。薄給の身では数少ない贅沢《ぜいたく》。ほんとうは昼食もお弁当にしたいくらいなんです。でも、仕事の疲れも考慮すると、充分な睡眠を確保することも大事ですし。外で食べるから、と言い張ったほうが負担をかけないので」

負担って誰に、と問いかけようとして思い出した。

昨日のことだ。

なぜゴルフを練習しているのかと尋ねたときに、家族でいっしょにコースを回りたいからと答えていたっけ。あのとき藤波《ふじなみ》さんは自分の両親らしきひとたちを「あのひとたち」と呼んだのだ。違和感があったから覚えていた。

あのひとたち、というやや突き放したような言い方は、藤波さんと両親との間に距離を感じさせる。でも、決して嫌がっているようには感じない。なんというか……遠慮？のような……。

そこまで考えて、それは俺が亜季子《あきこ》さんに感じていた気持ちと似ているな、と思った。

おそらく彼女のいう「あのひとたち」は、言えば、幾らでも無理して弁当を作ってくれてしまうようなひとなんじゃないか？　亜季子さんが無理をしてでも俺と綾瀬《あやせ》さんの三者面談に出てくれようとしたみたいに。で、彼女はそれをさせたくない。でも自分でお弁当を作っているような余裕はない。

だから外食するから作らなくていいよと伝えている。そして学生御用達《ごようたし》のこのチェーン店に入り浸ってるわけだ。

運ばれてきたプリンをスプーンで掬《すく》って頬張《ほおば》ると、藤波さんは猫のように目を細めた。大柄な藤波さんがそのときだけは子猫のように見えた。

「んー。しあわせの味です。これがワンコインの半分で味わえるんですよ」

コストパフォーマンスにこだわるのが藤波流のようだった。

食べ終わった藤波さんが姿勢を正した。

「で、話を戻しますけど、もしかして悩みは恋愛絡みですか？」

目を見てまっすぐに問われたからごまかせなかった。

「どうして——」

「そう思うのか、ですか？　逃避先が、女の子ってことはそうなのかなって。ほら、よくあるじゃないですか。苦しい恋から逃げるために、次の恋を探そうとする、とか」

「それこそナンパのような」

「はい。自覚してやればナンパですね。でも逃避を自覚しているひとって実は少ないんですよ。だって逃げてる自分を自覚すると、より落ち込んじゃいますからね。まあ、こんなふうに諭したら、どうしたって自覚しちゃうわけですけど」

にっこり笑顔になられると、責められているよりも心に応える。

「あたし、別にやさしくはないので」

綾瀬《あやせ》さんも他人に対してあまりウェットな応対をしないひとだと思ってたけど、藤波《ふじなみ》さんはそれに輪をかけていた。

綾瀬さんのそっけなさには自分と似たものを感じた。

相手に期待しない——より詳しく言えば、異性に期待しない態度だったからだ。相手に自分の言い分を押しつけることを嫌い、かつ相手に迎合しなかった。

初顔合わせのとき、綾瀬さんが俺のパーソナリティを探るようなことを言い、俺はそれを片っ端から否定した。それを怒るでもなく控えめに笑って流したので俺は理解したのだ。

ああ、彼女は俺と同じだ、と。

でも、目の前の藤波さんの、このにっこりとした笑顔はちがう。

彼女は俺に対して糾弾しているのだ。

「……そもそもさ、俺が好きになったのは好きになっちゃいけないひとなんだ」

「定番ですね」

「ばっさり斬るね」

「斬ってほしそうな顔をしているので」

俺は思わず自分の両の頰《ほお》をさすってしまった。まじか？

ああでもやはりそうだ。藤波さんは俺を糾弾している。責め立てている。

まるで外科医が患者にメスを入れるときのような表情だった。君の悪いところはここだ。よってここを切除する。そんな感じか。

……いや、オペ中のドクターの顔なんてドラマでしか見たことがないけれど、絶対失敗しない外科医だったら、こんな顔をする気がする。

「俺のわがままを通せばたぶん家族を不幸にする。本当は忘れなきゃいけないんだ。けど、どうやらそれも無理みたいでさ……」

訊《き》かれもしていないのに、そんなことまで喋《しゃべ》ってしまった。

「重症ですね」

俺はもはや苦笑を浮かべるしかなかった。

確かに重症だろうとも。

腕を組んでじとっと俺を見ていた藤波さんは「うーん」とひとつ唸《うな》る。

「今日、予備校が終わったあとって時間あります？」

「バイトが入ってる」

「それじゃあ、バイトのあとで会いましょう」

「いいけど……。何でか訊《き》いていいかな?」

「ちょっとあたしと夜遊びしましょう。付き合ってください」

正直な話、俺は読売《よみうり》先輩と遊んだばかりで、夜遊びばかり続くのもな、と思わないでもなかった。

ところが断ろうとしたときに思い浮かんだのは、先ほど見たクラスメイトらしき男子と話していた綾瀬《あやせ》さんの姿だった。胸に生じたモヤモヤしたものが喉までせり上がってきて俺の口をふさいだ。

「言い訳が必要なら……そうですね。現実逃避にあたしを使った償いってことで、どうですか?」

「……それを言われると断れる気がしないね」

「じゃあ、決まりです」

LINEのIDを交換し、俺たちは予備校へと戻った。

バイトが終われば夜の9時を回っている。

それでも渋谷《しぶや》の街は賑《にぎ》やかさを撒《ま》き散《ち》らしていた。街灯は煌《きら》めき、人影は踊る。

藤波《ふじなみ》さんと待ち合わせたのは名物ハチ公前——ではなく、そこからスクランブル交差点を渡った先にある俺のバイト先である書店の出口だ。

「お待たせ」

ＬＩＮＥでこまめにやりとりしつつ場所と時間を合わせたからそこまで待たせなかったとは思うけれど。

「あたしも今きたところです」

「で、いったいどこへ？」

「ああ、慌てないで。夜は長いですから」

「徹夜する気はないぞ」

俺はぎょっとして言ってしまった。くすりと笑われて、からかわれたのだと悟る。

「それより、浅村《あさむら》くんのバイト先って、こちらの書店でしたか」

「あ、うん。実はそうなんだ。藤波さんはお客さんとしてよく来るんだよね？」

「ですです。なんだ、あのとき教えてくれたらよかったのに」

隠してたつもりはなかったけど、あの頃はまだ素性を明かすほどの距離感ではなかったし。

「仕事が始まる前に寄ることが多いですかね。つまり、開店直後ってことですけど」

「ああ、だから常連っぽいのに見たことなかったのか」

会えるはずもない。その時間帯、俺は学校に登校中だ。

「とりあえずちょっと街を見て回りませんか？　まあ、あまり危ないところには行きませんから、そこまで警戒しなくとも良いですよ」

「それはありがたいかな。俺も腕っぷしには自信がなくて」

「正直で良いです」

言いながら藤波《ふじなみ》さんは俺を先導するように歩き出した。

センター街からいちど渋谷《しぶや》駅へと戻る。

藤波夏帆《かほ》による夜の渋谷観光案内が始まった。

「浅村《あさむら》くんのような健全な高校生男子ですと、カラオケとかは定番ですかね」

カラオケに行くほうが健全なのか。

じゃあ、世の中の不健全男子高校生はどこへ通っているというのだろう。

「うーん。カラオケはあまり行かないかな……」

せいぜい三か月に一度、丸《まる》と行くくらいか。なぜ三か月に一度なのかと言えば、丸がそのクールに観《み》たアニメの主題歌を復習したいと言い出すからだった。

覚えてることは前提で、覚えきったかどうかを俺に聞かせるためにカラオケに行こうと言い出すわけだ。実は丸、意外と歌が上手《うま》い。しかも声量がある。さすが野球部捕手だけに声出しには慣れている。

「優等生ですね。では、ああいう場所はどうですか。行ったことは？」

線路の向こう側。

黒い夜を貫いて立つ光のビルを見上げながら藤波さんが言った。

「ボウリング場？」

「だけじゃないです。総合アミューズメント施設、とでも言いましょうか。ボウリング、ビリヤード、カラオケから卓球にゲームセンターまで」

たどりついてみると、ひとがひっきりなしに出入りしている活気のあるビルだった。前を通ったことはあっても遊んだことはない。改めて見上げると思う。

「でかいなあ」

「健全ですけどね。ちなみにボウリングとビリヤードは昔はおとなの娯楽だったそうですよ。ボウリングは70年代、ビリヤードは80年代にブームになったそうです」

「待って。ええと」

頭のなかで年代を整理する。

「今からだと半世紀も前じゃないか。ブームのときに遊んだひとたちって、俺の親父《おやじ》よりも歳《とし》取ってないか？」

「でしょうね。二十一世紀になってから生まれたあたしたちから見ると祖父母の時代ってことになります。この施設自体は新しいですけど。駅から近いですから覚えておくと便利ですよ。翌朝の始発の時間帯までやっていますので、終電、逃したときも使えます」

それは終電を逃してここで遊んだことがある、ということだろうか。

「覚えておくよ」

俺の場合は渋谷《しぶや》から家まで徒歩か自転車だから終電は関係ないわけだが。

そこからまた駅方向へと戻って、渋谷ヒカリエのほうを回って歩いた。

時刻は9時27分。

回転寿司屋《ずしや》もカレーの店もまだ元気に営業していて、客足は途絶えていない。

俺自身、親父《おやじ》が再婚して亜季子《あきこ》さんや綾瀬《あやせ》さんが待つ家に帰るようになる前は、このあたりの飲食店で夕食を済ませて帰ることもあった。

そういう意味では見慣れた風景なのだけど、その見慣れた風景の中から藤波《ふじなみ》さんは俺が入ったことのないような店ばかりを指さして教えてくれる。

「浅村《あさむら》くんは高校生ですし、バーとかクラブとか入るわけには行きませんし、外から見てまわるだけになりますが……」

「藤波さんだって俺と同い歳《どし》くらいだろ？」

「歳が同じだからって経験値が同じとは限らないんですよ、浅村くん」

まるで人生を何周もしてきた物語の主人公みたいなセリフをリアルで聞くことになるとは思わなかった。

「似たようなものです」

駅をぐるりと回りこむと（渋谷駅東口から南口を経由する感じだ）、藤波さんは大きな玉川《たまがわ》通りではなく小路のほうを歩いた。

「渋谷に住んでいると夜の静けさを忘れそうになりますよね。地方に行くと夜の7時を回ると繁華街でさえ暗くなっている町も多いんですが」

「行ったことあるの？」

「時々、ふっと誰も自分のことを知らない場所に行ってみたくなることありません？」

メンタルはわからないでもない。

実行に移すかと言われると、俺はせいぜい深夜の公園で空き缶を蹴り飛ばすくらいしかしたことがない。しかも気が晴れると、空き缶を自販機横の缶入れにきっちり捨てるような小市民でもある。

「悪いことではないですから自信をもてばよろしいかと」

「度胸がないだけじゃないかな」

「アンモラルを犯す度胸などあっても人生の役に立たないですから。ああ、ここです。本が好きなら、こういう店も覚えておくと良いですよ」

変哲もないビルの三階あたりを指さして藤波さんが言った。

「ここ、なに？」

「図書室です」

「は？」

「という名前の、まあお酒の飲めるところですね。本を読みながらお酒を飲めるという、読書好きでお酒好きの憩いの場です。未成年を卒業したら来てみてください」

「……繰り返し訊《き》くけど、藤波《ふじなみ》さんも未成年だよね？」

「もちろんです。あたしだって知ってるだけですよ？」

それにしちゃあ、夜遊びスポットに詳しすぎないか、と思わないでもない。

ただ、藤波さんは彼女が教えてくれるどの店にも実際に入ろうとはしなかった。それはそれでもちろん助かるのだけれど（そもそも、彼女が教えてくれる店はどこも高そうで、高校生の俺が払える金額で収まるように思えない）、ただただ繁華街の道を歩きつづけるという彼女の意図がどこにあるのか測りかねた。

俺たちは夜の渋谷《しぶや》を歩き回る。

遊ぶというからどこかへ行くのかと思ったら、ひたすらいろいろな場所を歩かされるだけでどこにもたどりつかない。

ただ、何もしなくても、渋谷の街を歩いてるだけでいろいろな人間の様子が観察できてそこそこ楽しい。こんな店があったんだ、とか。

俺たちは彩り豊かな明かりの海を回遊する魚のようだった。

繁華街というのはどこでもそうだが、決して治安のよい場所だけではない。歩くだけでも緊張感を強いられるものだ。

藤波さんは涼しい顔でさっさと歩いている。けれどひとつ裏道に入ろうものなら心拍数のあがるような出来事が起こってもおかしくはない。

表の通りにもそれが溢《あふ》れ出《で》てきている。

親父《おやじ》ほどの年齢の男の腕にすがりついて歩いている、どう見ても俺と同じくらいの歳《とし》の女の子がいた。絶対に未成年だと思うのに、顔を酒気で赤らめて舌足らずの声でおねだりをしている。

ネクタイをすっかり外してしまったサラリーマンが道端に大の字になって豪快に寝ていたし、ゲロ吐いてうずくまってるおとなの女のひともいた。

「いろいろ駄目すぎるって思いません？　だけどあの人たちだって、違う皮をかぶったら真面目な顔をしてる」

「まあ、そうだね。俺の親父だって飲んで帰ることもあったからなぁ」

言われて俺は思い出したんだ。そもそも親父が亜季子《あきこ》さんに出会ったのも、上司に連れていかれた店で酔い潰れたからだと言っていた。

藤波さんがぽつりと言う。

「渋谷の裏道を通っていると、世界は間違っている人間ばかりに見える。でも、間違っている、とか、正しい、って、何なのかなって時々あたしは考える」

「まあ、それでもパパ活はどうかと思うけど」

もちろんママ活なら良いという意味ではない。

「でも、そういうやり方でしか生きられないひともいるんです。あたし自身、中学のころはあの――」

ちらりと視線を注いだ先には狭い脇道の奥へとそっと入っていく女の子がいた。

「――駄目な人間たちの真ん中にいました。いまはこんな真面目なナリをしていて、昼は普通の会社、夜は定時制高校に通っていますけどね」

「……ええと」

くらりと世界が斜めに傾いてしまう。

つまり彼女が俺に見せたかったのは、夜の観光スポットじゃなくて、カラフルな明かりの煌《きら》めく夜の渋谷《しぶや》をあてどなく回遊する人間たち、それ自体か。

「彼らが一般的とか、普通とか、そういうくくりじゃないのは自覚してますけれど、でもそもそもどんな人間もどの側面から見るか、そのときどんな環境に置かれていたかの違いしかなくて、絶対的に正しいことなんてありはしない……」

彼女の言っている言葉の意味は理解できた。

わからないのは――。

「どうしてそんなことを俺に？」

「あなたが、昔の自分を見てるみたいでイラッとしたからです」

「俺が、昔の藤波《ふじなみ》さん？」

「ああいうひとたちですよ」

そう言って指さすひとたちを、俺はもういちど観察してみた。

赤ら顔で千鳥足になって体を揺らして歩くおとな。そんな彼らに、原色のハッピを着て店のアピールをしている青年、肩を出し胸元を突き出してちらしを配る女。

「あなた、他人に——というか、女性に期待しないで育ったでしょう？」

ぎくりとした。

「物事をフラットに見る。それはあなたの長所かもしれませんが、そう育った理由を考えると、弱点でもあるはずです」

「弱点……」

「あたし、聞きましたよね。定時制・女子・深夜にゲーセンに出没、と聞いたら、どう思うかって？」

「覚えてるよ」

「あなたはあのとき、ありのままを素直に受け取るだけだと言ってました。それって偏見のない物の見方ができるという長所でもあります。でも、どうしてそんな物の見方を身につけるに至ったかを推測すると――」

藤波《ふじなみ》さんはそこでひと息ついて、言葉を探すように間を置いた。通りの先を見つめ、歩む速度は変えぬまま脇にいる俺を見ずに言葉を発した。

「女性に期待しないで育ったからです」

その言葉に脳裏をかすめたのは遠い子どもの頃の記憶だった。今はもう開くことのないアルバムの、どこを見ても笑顔のなかった母の顔。

藤波さんは言う。俺がフラットな感性を獲得したのは、きっとろくでもない人間を見てきたからなんだろうと。それも、おそらくは、ろくでもない女性を。

自分もそういう時期があったからわかる、と。

「あたしの場合は男か女かじゃなくて、そもそも人間ぜんぶでしたけど」

そう言ってさらりと俺に語って聞かせたのは藤波さんの過去だった。

中学に入ったばかりの頃だ。

両親を同時に事故で失った。

同情されるべき事件のはずだ。なのに、彼女に降り注いだのは、周りからの冷たい視線と言葉だった。

両親の結婚はどうやら親戚一同から望まれないものだったらしく、葬式のときでさえ彼女の耳にした言葉はお悔やみではなく、自業自得だとなじるものばかり。

さらに両親亡き後に預けられた叔母は彼女にまったく愛情を注がず、毎日のように藤波さんの両親を揶揄《やゆ》する言葉ばかりを投げつけてきた。もちろん直接的ではなかったが、遠回しに、いやらしく。

「ひどいな……」

「ええまあ、そんなことあったらグレるって思いません？」

黙ってうなずく以上のことができるわけもなく……。

「ま、グレますよね。ただ、そのときあたしが叔母に対して抱いたのは『怒り』ではなく『仕方ない』という諦めの感情でした」

それが他人へのいっさいの期待を失ったきっかけだと、彼女は語った。

以来、叔母に反抗するようにして家出や夜遊びを繰り返す、荒れ果てた生活をしていたらしい。

精神的な理由からなのか体調も安定せず、学校もサボりがちになっていたそうだ。

俺にも思い当たる節があった。彼女ほどの壮絶な過去はない。けれど、俺もまた母親からは何も与えられなかったから。

彼女の隣を歩きながらぽつぽつと自分の話もした。彼女の独白のあとでは霞《かす》んでしまうような言葉かもしれないが。

俺たちはいつのまにか渋谷《しぶや》を一周し、道玄坂《どうげんざか》まで帰ってきている。

そろそろ日付も変わろうかという時間だ。

藤波《ふじなみ》さんは両手をポケットに突っこんだまま空を見上げた。

俺よりも高い上背の彼女のまっすぐな立ち姿に、通りを歩くひとびとが振り返っては、ほうと息を吐いてすれちがっていく。なかにはあからさまに俺を訝《いぶか》しんでいくひともいた。俺が深夜に彼女を連れまわしているわけじゃなくて、俺のほうが連れまわされているわけだが。

「あー、惜しいです」

「惜しい？」

「今日は中秋の名月だそうですよ」

言われて俺も空を見上げれば、薄い雲の向こうがぼうっと明るく輝いている。なるほどあそこに満月がいるわけか。

渋谷《しぶや》から自宅のマンションまで綾瀬《あやせ》さんと帰った夜も月が空にあったことを思い出した。

「これから月が高く昇るようになるからね」

「そうなんですか？」

「夏の太陽は高くまで昇り、月は低い軌道を描く。満月の場合の話だけど。冬は逆なんだ。冬の月は高くまで昇る。今の時期だと、ちょうど低いところを這《は》っていた月が、冬を目指して高い軌道を描き始める頃だね」

「さすが物理が好きなだけありますね」

「どちらかといえば天文の知識かな、これは。まあ好きなだけだけどね」

空を見上げていた藤波さんが俺を見つめる。まっすぐに。なんで、俺に対してこんなにも構ってくれるのかわからないけれど。

「浅村《あさむら》くんは女性に期待していない、と言いますが、それたぶん嘘《うそ》なんですよ」

「嘘なんかじゃ」

「ない、と思いますよね。あたしもそう思ってました」

こちらの言葉をさえぎって、藤波さんは続ける。

「おばちゃんに教えてもらうまで、自分でも嘘だってわかりませんでした。自分自身を、騙《だま》してたんです」

「おばちゃん、って……」

「あたしのいまの家族ですよ。叔母とは違う人。――あたし、養子に出されまして」

夜遊びを繰り返す彼女を心配し目をかけてくれたのは違法風俗店の元締めのような女性だったという。その人は面倒見がよく、社会の枠からこぼれた少女が犯罪に巻き込まれるのを守る活動をしているらしく、藤波さんの複雑な家庭環境を聞かされて放っておけなくなったのだろう。

叔母を含めた藤波家の親族、専門家と話し合いを重ねて養子にしてくれたのだという。

で、一緒に暮らすことになったその日、その女性に言われたのだそうだ。

「『あんたさ、もうちょっと自分の心ってやつと折り合いをつけたほうがいいよ』って」

「折り合い？」

「妥協っていうか、すり合わせっていうか。自分の気持ちを無視するなって言ったんですよね。叔母に何も期待していない。自分は怒ってなんていない。こうなったのもしかたないことなんだ……それ、ほんとうかい？　って」

街灯に背を預けながら言うのは、彼女自身が何かを背にしていないと立っていられなかったからか……そんな考えが俺の頭をかすめた。

「あんたはほんとうは期待したかったんじゃないのかい？　それを裏切られたって思っている。怒っているんだろう？　――そう言われて反発しましてね。そんなことないって」

「……それ、で？」

「じゃあなんで不良やってんのさ、と、ばっさりと斬られちゃいましたよ。その瞬間ですかね。なんでか、こう、ぽろっと涙が零《こぼ》れちゃいまして。なんか、一晩中、ずっと泣いていた気がします」

瞬くようにして街灯が消えた。寿命だったのかもしれない。ところがどうした偶然か、そのときちょうど雲が切れて街灯の真上に月がかかった。

きれいな秋の月だった。

「浅村《あさむら》くんも気持ちに蓋をして無理に消そうとしていませんか？」

声が、出なかった。

明るく煌《きら》めく渋谷《しぶや》の光は人工の、人間たちの灯《とも》した明かりで、彼女の顔を照らしているのは間違いなく向かいの店のショーウィンドウの光なのに、頭上にかかった月が藤波《ふじなみ》さんを照らしているように感じてしまった。

「だって……俺の気持ちは明かすわけにはいかないんだ……そうだろ」

「気持ちってもんが、抑えていればいつかは消えるものなら、それでいいんですけどね。あたしは親を亡くしてから……五年ですか。いい加減に消えたと思ってたその『気持ち』ってやつが結局は自分を突き動かしてたことに、ようやくあの晩に気づいたんです」

「五年……」

「消えないんですよ、気持ちってやつは。あの夜を境に、叔母のもとを離れて養い親になってくれたおばちゃんと暮らすようになって、あんなに不安定だった体調が嘘《うそ》みたいに安定したことでようやく自覚しました。ああ、自分は叔母や親戚を許してなどいなかった。とても気にしていたのだと」

月がふたたび雲に隠れ、消えた街灯の下にいる藤波さんの表情は街の明かりに照らされるだけになった。

「相手を色眼鏡で見ない、という浅村《あさむら》くんの長所はそれはそれで得難いものだとは思いますよ。でも、相手をフラットに見るということと、期待しないということは別なんです。だって、あたしたちは人間なんですから。どうしたって期待してしまう」

口で唱えたからといって、心の奥底で望んだものが手に入らなければ、やっぱり心に傷は残るってことか。

人間なんだから、か。

俺の脳裏をよぎったのは、初めて綾瀬《あやせ》さんと出会ったときの夜の会話だ。

あのとき綾瀬さんは俺とふたりになったときに言ったっけ。

『私はあなたに何も期待しないから、あなたも私に何も期待しないでほしいの』

あのときの、探るような綾瀬さんの表情を思い出す。綾瀬さんは同居する俺に対してああ言って、そして俺はその言葉を聞いてとても安心した。

彼女は俺と同類だと思ったからだ。

聞きようによっては初対面の相手にぶつける言葉としては失礼極まりないと怒られかねない言葉を、それでも探るように敢《あ》えてぶつけてきたあのときの彼女の真意は……。

俺はひょっとして見えてなかったんじゃないだろうか。

彼女はほんとうに何も期待していなかったのか。

そしてその言葉は自分自身に返ってくる。

俺は、親父《おやじ》が結婚するだけだと思っていた。思おうとしていたのだけれど、本当に何も期待していなかったのか？

「いいですか、浅村くん。本当にフラットならば『女性に期待しない』なんて心のなかで囁《ささや》いたりしないものなんですよ。そこだけ強調してしまうのは、そもそもその時点でもうフラットじゃない。意識し、揺らいでいることの裏返しなんです」

俺は何も言い返せなかった。

藤波《ふじなみ》さんの言葉に対して何も。

「暗い話になってごめんなさい。あたしは浅村くんを見てて思ったんですけどね。あなた、自分の都合を我慢して、他人の都合を優先したがるタイプでしょう？　常識とか倫理とかにだいぶ引っ張られるタイプですよね」

「常識のない人間はそもそもどうかと思うけど。ひととして」

「そういうところですよ」

ほんとにしょうがないですね、と藤波さんはため息をつきながら笑った。

そのまま語り続ける。

他人に期待しない。これが当然、これが普通、といくら自分に言い聞かせても、心をどれだけ騙《だま》しても、期待してしまう、それが達成されないと怒るし、気づかないうちに自分はダメージを受けてしまう、と。

「つまり、『俺にこんなに期待させたお前が悪い』ってわけですね」

「でも、勝手な期待が叶《かな》えられなかったから怒りを感じるなんて、そんなの勝手すぎる」

「勝手なんです、ひとの気持ちってやつは」

だから、あなたも、その恋愛感情ってやつに嘘《うそ》をつかないほうがいいと思いますよ。

嘘はどうせ続かないのだから。

藤波《ふじなみ》さんは最後にそう言って、じゃあ、と手を振って去っていった。

消えた街灯の下で俺は黙ったまま彼女を見送った。

──何も、言い返せなかったな。

沈黙が答えだ。

渋谷《しぶや》のざわめきと賑《にぎ》わいは真夜中を越えても消えることはなく……。

俺は立ち尽くしたまま動けない。

空の月が俺を笑っている気がした。

●9月27日（日曜日）　綾瀬沙季《あやせさき》

「沙季ー！　こっちこっち！」

改札を抜けて、手を振る真綾《まあや》のほうへと私は歩き出した。

彼女の周りにはクラスメイトたちが集まっている。ひょっとしたら私がいちばん最後かもしれないと足を速めた。歩きながら目で人数を数える。

男の子が二人。女の子が真綾を入れて三人。私が六人目。やっぱり最後だ。

「ごめん、待ったかな」

「ぜんぜん！　まだ待ち合わせ時間にまで余裕あるしー」

真綾はそう言って笑顔を見せてくれるけど、それをそのまま信じていいものか悩む。

今日の勉強会の場所は真綾の家だ。

真綾はこの近くのマンションに住んでいるのだけれど、めったに他人を家に呼ばない。家には常に弟たちがいるし、いつもはその弟たちの面倒を真綾が見ている。もし友人たちを呼んでしまうと、弟たちの世話ができなくなる、というわけ。

けれど今日は弟たちを連れて両親が出かけているという。その間に広いリビングを自由に使えるということで、だから私たちはそこで勉強会を開けるのだ。

駅を離れてほんの少し歩けば、真綾の家のマンションにたどりつける。

「おお、でかっ！」

「おっきいマンションだねー」

「頑張りました！」

「真綾《まあや》が頑張ったわけじゃないでしょ」

「おっと！　沙季《さき》ってば、それは言いっこなし！」

軽口を言って真綾が周りを笑わせる。この気遣いが私にはないところなんだろうな。

私は昨日の工藤《くどう》准教授の言葉を思い出していた。

今日の集まりの六人。真綾と私を含めて女子が四人、男子は二人。勉強会を提案してくれた新庄《しんじょう》くんを含めた彼らの姿を見つめる。

彼らのこともしっかり知ってみようと思った。

エントランスを抜けて、エレベーターに。建物の大きさに反して何故《なぜ》か狭いエレベーターの個室は高校生六人だとぎりぎりで、男の子たち二人は遠慮して分かれて乗った。

空気の抜けるような音とともにエレベーターのドアが開いて私たちは降りる。

真綾の家の扉には番号の書かれたプレートの下に、ＷＥＬＣＯＭＥとかわいらしい書体で書かれた木製の札が掛かっていた。セキュリティを考えてだろう、家族の名前どころか苗字《みようじ》も入ってないけど。

家の中に入る。

通されたリビングは十畳はあって、みんなは感嘆の声を上げる。

「ひろー……」

「これなら確かにみんなで勉強会できるね」

「いいなあ」

「さあさあ、好きなところに自由に座ってくれたまえー」

真綾に促されて、私たちは六人掛けの大きなテーブルの周りに席を確保する。

私たちを席に追い払った真綾はといえば、キッチンのほうへと向かう。気づいた私は鞄《かばん》を置いて後を追った。

「あれ？　沙季ってば、トイレはこっちじゃないよ」

「ばか。ほら、それ渡して」

私は真綾の抱えていた1リットル入りのお茶のペットボトル3本を強引に奪うと、テーブルのほうへと運んだ。

「あ、みんなー、さっさと受けとってあげて！　沙季ちゃんさんきゅー」

声をかけてくれたのは、ゆみっちと真綾から呼ばれている女子だ。あわてて立ち上がったのは新庄くん。

コースターとグラスはすでにテーブルの上に用意されていた。

「グラスの露が気になるひとは、ティッシュを使うとよろしーよ」

「真綾《まあや》、いいから、とりあえず座ってよ。みんなが落ち着かないでしょ」

「沙季《さき》ってば、やさしー。ほい。手を汚さずに食べれるスナック菓子はこっち」

「……勉強会よね？」

「勉強会でしょ？　お菓子は必須だよね!」

「どうやら真綾の知ってる勉強会と私の知ってるそれは意味が違うみたいだね……」

みんなが笑う。けれど、笑いごとじゃなくて。この子は真剣に真面目に言っている気がするのだけど。このままじゃ単なるお茶会で終わってしまうような。まあ、私の目的としてはそれでも構わないのかもしれないけど——じゃなくて。

「それで勉強会の進め方だけどね」

真綾が言って、私は尋ねる。

「なにかやりたい科目があるの？」

「私はなんでもいいよっ」

「学年上位だもんね、奈良坂《ならさか》さん」

「やっぱ優等生はちがうなー！」

「ふふ。もっと賞賛してくれていいよー。とまあ、冗談はさておき、おのおの苦手な科目をやるってのはどうかかな？」

「にがてなかもく？　どして？」

「ゆみっちは国語かな?」

ぷうと頬《ほお》を膨らせたゆみっちはかわいかった。

「理由は簡単だよー。この人数がいれば誰かは何かの科目が得意でしょ? だから、わからないところを誰かが教えられるの」

ああ、なるほど、と私は納得した。

得意科目と不得意科目の差というのは往々にして、「正解を知っているかどうか」ではなく、「正解の見つけ方を知ってるかどうか」だったりする。

たとえそのときにはわからなかったとしても、得意なジャンルであれば、何を調べたらよいか、どう考えたらよいかがわかっている。

逆に苦手科目だと、辞書をあたることも参考書から似た問題を見つけ出すこともネットで調べることもできない。

では、そういうときは、どうしたらいいか?

数か月前の私だったら答えられなかったと思う。

でも、今なら答えられる。

他人に頼ることだ。

他人の肩の上に乗せてもらえばより遠くまで見える。

クラスメイトたちと、互いに教え合いながら苦手科目の勉強……これもまた私には初めての経験だ。

浅村《あさむら》くんになら。……兄になら、教えてもらったことはあるけれど。

自分の弱点を晒《さら》し、教えを乞う。

代わりに他の人の弱点を聞いてあげて、教えられるなら教えてみる。

ギブ&テイク。私には馴染《なじ》みのある理屈なのに、私ができなかったこと。

今ならわかる。

頼る、というのはスキルなのだった。習熟には訓練がいる。

私は頼ることが嫌いで、頼られることが嫌いだった。

なぜなら、他人が何を求めていて、どうされたら喜ぶのかわからなかったからだ。他人の心を覗《のぞ》くことができない以上、素直に求めているものを言ってもらわなければわかるはずがない。察してくれなんて都合が良すぎる。そう思ってきた。

要望があるなら言えばいい。してほしくないことがあるならばそれも言えばいい。素直な感情をすり合わせて把握しあっていけばみんな幸せだと。

その考えは未《いま》だに私の大部分を占めていて、間違っているとは思わない。

でも――。

私は、自分のポリシーに違反している。

だって、いちばんすり合わせなくちゃいけないひとと、素直な感情の見せ合いっこが、できていない。

私は実父と母のことを思い出す。

会社で失敗したあのひとを支えようと母は働きに出ただけなのに。成功してしまったら、逆に恨まれるなんて理不尽がすぎる。そう思っていた。

母を悲しませた実父を許しているわけではない。

ただ、今ならすこしだけ理解できるかもしれない。

あのひとは母に弱点を晒せなかったのだと。頼ることができなかった。あのひとと母はけっしてギブ&テイクの関係ではなかった。

彼は、妻に頼る、というスキルをもっていなかった。

私も同じじゃないのか？

現代国語が苦手だと告白できるくせに。

この胸のなかの感情を晒すことはできない。察せられては困るからだと理由をつけて。

でも、ほんとうにそれだけなんだろうか。

「……き、さーき！」

「えっ？」

はっと顔をあげると、真綾《まあや》が私の顔の前で手をひらひらと振っていた。

「お腹《なか》すかない？」

問われた途端に急に空腹を感じる。

携帯の時計に目をやると、11時57分だった。

「えっ、もうお昼？」

「うん。で、どうする？　何か頼む？　それとも作ろうか？」

真綾《まあや》はそう言ったのだけど、さすがに今から六人分を作るのは無理でしょ。それに手間も掛かりすぎる。出前もお金が掛かりすぎるし。

「私、コンビニ行って、なにか買ってくる」

「んー。それならみんなで買いに行こ？」

「ぞろぞろ行ったらお店に迷惑でしょ。欲しいのあったら言ってくれれば買ってくるから」

「何もしないのは気が引けるなぁ。よし、なら私は簡単なお惣菜《そうざい》でも作ってようかな！」

みんなの注文をスマホでメモしていくと、なかなかの物量になった。特に飲み物。普段から食料品やお米を買いに行ってるから多少荷物が重くても気にならないけど。

「この量、ひとりじゃきつくないか。やっぱり俺も運ぶの手伝うよ」

「あー……じゃあ、お願いしようかな」

新庄《しんじょう》くんが荷物持ちを言い出してくれて、私と新庄くんで買い出しに行くことに。

残ったひとたちは真綾の指揮のもとで簡単なお惣菜を作って待つことになった。

コンビニはマンションの近くにあった。

大通りに面していて、はす向かいには学生に人気のイタリアンチェーン店が見える。

そういえばここに来るまでに大きな予備校の看板を見かけたけれど、浅村《あさむら》くんが通っているところだったりして。この近辺で有名な予備校といえば限られているから、的中していてもおかしくない。

……いけない。あまり浅村くんのことばかり考えているのは、だめだ。新しい関係性を見つめ直すんだって決めたのに。

赤と緑の看板が目立つコンビニで私と新庄くんは、パンやおにぎり、サンドイッチなどを適当に買いそろえる。少なくなっていたペットボトルも、お茶を含めて三本ほど買っておくことにした。

新庄くんは、レジの支払いを私が待っている間に、さりげなくペットボトルの入った重いほうのレジ袋を自分の手元に引き寄せて、さっさと抱えてしまった。

「すこしこっちに分けてくれていいよ」

「ああ、じゃあこっちをお願い」

そう言って、嵩張《かさば》って軽いポテチの袋を私のもっていたレジ袋に押し込んでくる。

これはずるい。ぜんぶ持ってもらって自分の仕事がなくなるよりずるい。

「なるほど」

「なに？」

微笑《ほほえ》む新庄《しんじょう》くんを見て、彼はモテる、という話をクラスの女子たちがしていたのを思い出した。なんとなく納得だなぁと思う。実に紳士的だ。

「持ってくれてありがとうって」

「綾瀬《あやせ》だって持ってるだろう？」

「それはそうだけれども」

まあ、私はひねくれているのか、重さを押しつけるよりは引き受けたほうが気楽なので、そういう気遣いはいらないな、とも思うけど。

自分の荷物は自分で持ちたい性分だから。

ところがコンビニから出た途端に車止めの段差で躓《つまず》きそうになったから恥ずかしい。

新庄くんに肩を支えられてなんとか転ばずに済んだ。

「あ、ありがとう」

「いや、これくらいなんてことないよ」

なんてことなくはないだろう。両手に重いレジ袋をもちつつ、とっさに転びそうになった女の子を支えてくれるとか。

「もっと頼ってくれてもいいのに」

ぽつりと新庄くんが言ったけれども、私はむしろ重いものを持った上で転びたくないのだった。それくらいできなければ自活など目指せない。

でも立て続けに彼に助けられたせいか、ひょっとして自分には自活など無理なのではないかと、疑いの気持ちが湧《わ》いてくる。

「綾瀬ってさ」

物思いに沈んでいた私は、名を呼ばれて顔をあげる。

「浅村《あさむら》と兄妹《きょうだい》なんだって？」

言われた言葉にぎくりとなる。

「それ……もう、けっこう知られてるんだ」

「どう、かな。実は、浅村から聞いた」

「えっ……？」

「この前の三者面談のとき、たまたま浅村のお母さんがそのまま綾瀬と一緒に教室に入っていくのを見たんだ。それで浅村に聞いたら」

「ああ……そう、なんだね」

ちょっとほっとした。

まさか浅村くんが、自分からぺらぺら兄妹だと触れ回るようなひとだなんて思っていなかったけど。そういう経緯だったらしかたないよね。

私が明らかに口籠ったのを察したのか、新庄くんは話題を変えた。

「綾瀬《あやせ》はさ。しっかりしてるだろ。兄じゃなくて、弟がいるのかと思ってた」

「べつに。しっかりでもなんでもないよ」

私は、とてもじゃないけど、落ち着いていて、ちゃんとしているような人物ではない。

「そう見えるけど」

「買《か》い被《かぶ》りかな。それより、新庄《しんじょう》くんのほうがよほどしっかりしてると思う。新庄くんのほうがお兄さんっぽいかも」

「妹がひとりいるからね」

「そうなんだ。……仲、良い？」

「それなりに。世間一般の兄妹《きょうだい》程度には」

「重い荷物運んであげたり？」

「う、まあ。それくらいはするかな」

「転ばないように手を引いてあげたり？」

「小さいときはね」

ちょっとだけからかうようなニュアンスを込めてしまったのは、新庄くんのようなお兄さんがいたら、妹はとても自慢してしまうだろうなと、微笑《ほほえ》ましかったからだ。

「妹さんのこと、大事にしてるんだね。すごくいいと思う」

「兄だったらふつうだよ」

さらりと返された言葉に、私は心のなかでそうだよね、と改めて思った。

兄だったら、ふつうのこと。

私のために浅村《あさむら》くんがしてくれた色々なこと——バイトを探してくれたり、現代国語の勉強法をいっしょに探してくれたり——も、やっぱり妹に対する兄としての行動だったのかな……。

またも考えこんでしまい。

次に顔をあげたときには私たちは真綾《まあや》のマンションに着いていた。


勉強会が終わったのは夕方の6時ちょっと前。

9月の終わりだから5時半には日が落ちている。まだ空には明るさが残っているけれど、このまますぐに暗くなってしまうから、終わらせるにはいい時間だった。

真綾の弟たちも6時過ぎには帰ってくると連絡があったし。

脱線も多かったけど、けっこう勉強も進んだと思う。少なくとも私自身に関しては手応えのある有意義な時間だった。

マンションを出ると、東の空はもう夜の色に沈んでいて、反対側の空に血のような色の夕焼けがほんの少しだけ残っていた。

駅まで送るという真綾を、弟たちを迎えてあげなよとマンションに残し、私たちは彼女の家を出た。

ぞろぞろと五人で固まって駅まで帰る。

とりとめもない話をしながらクラスメイトたちと歩くのは夏のプール以来だったし、自分がその状況を楽しめているのが意外だった。

「綾瀬《あやせ》、ちょっと」

声をかけられて立ち止まる。

「新庄《しんじょう》くん？」

「ちょっといいかな」

呼び止めるようなしぐさに私は違和感を抱きながらも足を止めた。

みんなからやや遅れてしまうけれど、これくらいならばすぐに追いつけるだろう。

「遅れちゃうけど？」

「いや、ちょっと話したくてさ」

「なに？」

「んー……なんていうか、その、さ」

横にさりげなく並んだ新庄くんは、ゆっくりとした歩調で歩みを再開する。みんなの背中を見失わないようにしつつも、近づかないようにしている？

「なにか用？」

「いやー、まだ暑いなあって」

「今年は残暑が長いね。蝉《せみ》の声は聞こえなくなったけど、まだ昼間は夏みたいだものね」

それでも季節はゆっくりとうつろっている。

朝のニュースのたびに見た熱中症アラートで真っ赤だった日本列島は、今朝はもうほとんど黄色以下だった。

道の脇に咲いていた向日葵《ひまわり》はすっかり枯れてしまっていたし、道路の先に見えている茜《あかね》に染まった雲も積乱雲ではなくて秋のひつじ雲だ。

灯《とも》り始めた街灯の光が暑さよりも、心に対する落ち着きをもたらしてくれる、そんな夕暮れの道。長く長く後ろへと伸びる私たちの影に追いつかれそうなくらい新庄くんの歩く速度が落ちて、ついに止まってしまった。

やむを得ず私も歩みを止める。

いつのまにか新庄くんは顔を私のほうに向けていた。じっと見つめられて、なぜだろうか、心がすこし落ち着かない。

「好きなんだ」

言われて、驚いて声をあげそうになって、辛《かろ》うじてそれを呑《の》みこむ。

黙っている私に不安そうなまなざしになった新庄くんは、もういちど確かめるように、言葉を足した。

「俺、綾瀬《あやせ》が好きだ」

「え、そうなんだ」

って、しまった。

これじゃ、会話が続かない。

お互いに黙ってしまった。気まずい。

「……ええと。ありがとう。そう言われて悪い気はしないけれど――」

言葉を探す。

これ……つまり、告白っていうやつだよね。

どうしよう。まさか、私は新庄《しんじょう》くんから自分にそんな感情を向けられていたとは思っていなかったのだ。

なんて言って、断れば……。

と、そう考えてから、自分の思考に愕然《がくぜん》とする。

なんで私、最初から、「どうやって断ろうか」って考えているんだろう……。

新庄くんは魅力的だと言われている男子で。

一日しっかり見て、べつに悪い人ではなさそうだということもわかった。

クラスメイトの女子の何人かは、新庄くんのことを、とても好ましく見ていることも知っている。理性的に考えれば全然ＯＫな相手であるはずなのに。

優しいし、気が利くし、彼の妹だったら妹はとても嬉《うれ》しいだろうなと。

私は、先ほどの声を掛けられたときの、落ち着かない自分の気持ちを思い返していた。

きっと予感はあった。

その予感を私は見ないふりをしたのだ。

「ごめんなさい」

新庄くんに向かってしっかり頭を下げた。

「私はあなたをそういう相手として見られそうもない、です……」

「でも、付き合っている恋人がいるわけじゃないんだよね？」

「えっ、それは……そうだけど」

「だったら、付き合ってほしい。そうしたら、俺のことをそういう相手として見てくれるようになるかもしれない、だろ？」

そういうもの……なんだろうか。

「それとも、もう告白していないだけで好きなひとがいるの？」

「いない、よ」

「それでもダメなんだ？」

「それでもダメ」

どうしてだろう。でも、私にはこのひとを好きになる未来が感じられない。良いひとなのはわかっているのに。きっと良い兄なんだろうなと思ったのに。

「やっぱり浅村《あさむら》のこと――」

「えっ」

「いや、なんでもない。……わかった。これ以上はやめておくよ。仲の良いクラスメイトという位置は確保しておきたいしさ」

「……新庄《しんじょう》くん」

「そうだな。だったら、浅村ともっと仲良くなってみるか」

言われて私はびっくりした。

「なんで？」

ここに浅村くんが出てくるの？

「綾瀬《あやせ》はお兄さんのことが好きなんだろう？」

「それは……」

とっさに否定の言葉が出なかった。

出したくない自分がいた。

「あはは、否定しないんだ。俺をフるときは速かったのに」

「兄として、だから」

「ふぅん。まあ何としてかはさておき。綾瀬に好かれる奴《やつ》がどんな奴かわかれば、俺にもまだワンチャンあるかもしれない」

冗談めかして新庄くんは、そんなことを言ったのだけど、私にはその理屈がよくわからない。

告白相手の兄っぽく振る舞っても、兄として好かれるだけなのではないだろうか。

なにか理屈が変な気もしたけれど、悪い人ではなさそうだし、浅村くんの友達が増えるなら、それは素敵なことだなと私は思った。

私と新庄くんを呼ぶ声が聞こえる。

クラスメイトたちが足を止めて私たちが追いつくのを待っていてくれた。

夕焼けを夜の半球が押しつぶそうとしている。

夜の帳《とばり》が降りれば、また一日、秋が近づいてくる。

駅に着いたときには、辺りは暗く沈み込み、すっかり夜になっていた。

マンションのエレベーターを呼ぶ直前になって、浅村くんからＬＩＮＥが来ていることに気づいた。内容はまたバイトの後に寄り道をしてから帰るので遅くなる、というもの。

また読売《よみうり》先輩と一緒なのかと思うと、やはり胸の中がモヤモヤする。この不良少年め、と内心すこし揶揄《やゆ》しながらも、どこかホッとしている自分もいた。

顔が熱い。

今夜は、彼の顔を見ないほうがいい。

『他の魅力的な男子と交流してみても尚《なお》、自分の感情に変化がないのであれば、そのときはその本物の感情を大切にしてあげなさい』

工藤《くどう》准教授の言葉が脳裏に浮かぶ。すべての真理を知るかのようなあのひとの言葉は、不思議な魔力を秘めていて、たとえ道徳にもとる行為へ向かおうとしても、背中を押されてしまいそう。

クールタイムが必要だ。浅村《あさむら》くんと目を合わせず、一日過ぎれば、冷静になれる。でも明日になって、冷静になっても結論が変わらなければ、私は……。

「あの……?」

「えっ。あっ。すみません、お先にどうぞ！」

マンションの他の住人に声をかけられて、私はようやく到着しているエレベーターの前で自分がぼうっと立ち尽くしていたのだと自覚した。

怪訝《けげん》そうな表情でエレベーターに乗り込み、上に上がっていくひとを苦笑いで手を振り見送ってから、私ははぁとため息をついた。

——ほんと重症だ、私。

●9月28日（月曜日） 浅村悠太《あさむらゆうた》

エアコンの唸《うな》る音が昨日までよりも小さい。

毎日すこしずつ気温は下がっていたのだろうけれど、季節の移り変わりに気づくのは、いつだって「ある日を境に」だ。

その月曜日、親父《おやじ》はいつもよりもかなり早く家を出た。相変わらず仕事は山積みらしく、朝食も摂《と》らないで出勤していったのだ。亜季子《あきこ》さんのほうもまだ仕事先から帰っておらず、つまりその時間に家に居たのは俺と綾瀬《あやせ》さんだけだった。

ご飯をよそうべく俺は炊飯器を開けて思わず声をあげた。

「うわ、うまそう」

立ち昇る甘い香り、白い米の海に黄色い小さな島が幾つも浮かんでいるのが目に入った。

この黄色の小さな欠片《かけら》はもしかして……。

「あ、今日は栗《くり》ごはんだから」

味噌汁《みそしる》を温めていた綾瀬さんが振り返って言った。

「栗……。そうか、もうそんな季節か」

これもまたほんのわずかな変化だ。

けれども、その変化は少しずつ蓄積していって、あるときふと気づくのだ。

ああ、季節が変わったんだな、と。

「今日はちょっといっしょにごはん食べたいなって。いい？」

「もちろん」

ここ最近、避けられていた気がするから、綾瀬さんの言葉に俺は驚いた。けれど俺も同じ気持ちだったから、これは渡りに船だ。

話したいこともあったし。

俺たちは久しぶりにふたりきりで朝食の用意を整え、いただきますを言った。

「そう言えばついでに栗といっしょに銀杏《ぎんなん》と椎茸《しいたけ》も買ってみた」

「銀杏と椎茸？　……もしかして茶碗蒸《ちゃわんむ》し？」

「あたり。朝は忙しいから蒸している時間ないけど、お夕飯に作ろうと思って」

「楽しみだな」

そんな些細《ささい》な話から始まって、俺たちはここ一か月ほど減っていた会話の穴埋めをするかのようにどちらからともなく近況を語り合った。

「そういえばお昼、誰かといっしょに食べるって言ってたね」

「ああ。予備校の近くにあったイタリアンレストランで食べたよ。確かに、みんなの言うとおり安かったな」

ためらいつつ俺は尋ねる。

「そういえば、そこで綾瀬《あやせ》さんを見た気がする。通りの向こうにあったコンビニに買い物に来てなかった？」

「え？」

綾瀬さんの目が丸くなる。

「あ、確かに通りの向こうにイタリアンなファミレスがあったけど。えっ、あそこにいたんだ」

「やっぱり、綾瀬さんだったんだ。似てるなとは思ったけど。なんかクラスメイトらしいひとと一緒にいたよね」

「買い出しに出たときだと思う。真綾《まあや》の家に集まったクラスメイトのひとりで新庄《しんじょう》くん。ほら、夏休みのプールのときにもいた男子」

名前を聞いて思い出した。

三者面談が終わったあとに声をかけてきた男だ。テニスラケットを抱えていた。

すこしモヤっとした。そんな権利はないのに、勝手なことに。

「お昼ご飯や飲み物、お菓子がなくてね。家で何か作る人と買い出しに行く人と、それぞれ分担したの」

「ああ、それで」

「そう。最初は私ひとりで行くつもりだったんだけど、新庄くんが付いてきてくれたから助かった」

なるほど。どうしてあそこにいたのかは理解できた。

「私も質問していい？」

「もちろん」

「昨日って、帰ってくるの随分遅かったよね？　連絡は入ってたけど、具体的にどこに行ってたの？」

綾瀬さんにしては珍しく踏み込んでくる、と俺は思った。

「バイトが終わってから、ちょっと渋谷《しぶや》の街を歩いてた」

「歩くだけ？　えっ。読売《よみうり》さんと？」

「いや、ちがうよ。昼ご飯を食べる約束をしたのは話したと思うけど、そのひとに誘われて」

「待って」

思わず口を閉じる。

「もしかして、そのひとって女のひと？」

「え……」

そこ？

「うん、まあ」

「ふーん。……そうなんだ。で？」

なんでかちょっと怒ってるような気がする。でも、それも俺の都合のいい解釈なのかもしれない。

そんなことを考えて、そして俺はあらためて思ったのだった。

『私はあなたに何も期待しないから、あなたも私に何も期待しないでほしいの』

あのときの、探るような綾瀬《あやせ》さんの表情の意味。

彼女はほんとうに何も期待していなかったのか。

そしてその言葉は自分自身に返ってくる。

俺は——綾瀬さんに期待してしまっているんだ。自分にだけ特別な感情を向けてくれることを。

「それで、いろいろと考えるきっかけになって」

今度は藤波《ふじなみ》さんの言葉が脳裏をかすめる。

『あなたも、その恋愛感情ってやつに嘘《うそ》をつかないほうがいいと思いますよ。嘘はどうせ続かないのだから』

秘めた感情は心の奥底で育つばかりで消えはしない。

だから——。

「すり合わせをしたい」

俺ははっきりと綾瀬さんにそう言ったのだった。

「すり合わせって、なんの？」

「俺、綾瀬さんに……君に、なんていうか、そう、特別な感情をもっているみたいなんだ」

言葉を発した瞬間、後悔が胸をよぎらなかったかと言えば嘘になる。けれど発した言葉はもう無かったことにはできない。

覚悟があっても後悔もまた消えるわけではない。

それでも、言葉の届いた瞬間の綾瀬さんの表情は劇的だった。

「え……え？　ええと、その……うそ」

「嘘じゃない」

「……冗談？」

「こんなたちの悪い冗談言わないよ」

「だよね。そう……だよね。浅村《あさむら》くん、そんなこと言うひとじゃないものね」

あ。

「いま、浅村って」

「えっ、あ」

「ああ、いや、今はそんなことじゃなくて」

「そう、だよね。で、その……感情って」

「好き。なんだと思う」

綾瀬《あやせ》さんがはっとした顔になる。唇が笑みらしきものの形を作ろうとして、ぎゅっと引き結ばれた。

「それは男として女性に対する感情という意味で？　それとも兄として？」

まさか告白に疑問で返されるとは思わなかった。

「え？」

「触れ合いたいとか、抱きしめたいとか、他の異性と一緒にいるところを見ると嫉妬してしまうとか。そういう種類の感情？」

俺は頷《うなず》いた。

まさにそういう感情だったからだ。

だって、俺はあの夏に感じてしまったんだ。あ、好きだ、って。あんな感情を妹に対して抱くとは思えない。

そして昨日、綾瀬さんが他の男と一緒にいる姿を見て、嫌な感情を抱いた。あれは嫉妬以外の何物でもないだろう。

だから、妹としてではなく、女性としてだと思う。

俺は素直にそう言った。

「でも、そういう感情って兄妹《きょうだい》の間でもありえるでしょ」

俺は今度こそ本当に面食らってしまった。

けれど、同時に思い出してしまう。三者面談での綾瀬さんの母・亜季子《あきこ》さんのこと。俺の言葉に感激した亜季子さんが、俺に抱き着いて喜んでいたことを。もしかして、綾瀬家ってあれがふつうなのか？

「いやいやいや。待って、綾瀬さん」

「私も最近聞かされた話だけど……。とつぜん異性と同居することになったとき、それまで異性からの承認に飢えていた人間は、異性と接する機会が増えて恋愛感情に近いものを抱きやすくなる、って」

綾瀬さんの言った言葉を考える。

つまり、俺が母親と満足に暮らせていなかったから、女性と同居すると恋愛感情に近いものを無意識に抱いてしまう、ということか？

「いやでも、それはそういうこともあるっていう話だろう？」

「ない、とも言い切れないから」

「それはそうだけど」

「妹に対する感情がやや強く出ているだけ、という可能性は？」

いやそんなはずは。ない、よな？

でも……。

綾瀬《あやせ》さんに言い張られると、先ほどまで感じていた確信が陽炎《かげろう》のように霞《かす》んでしまう。

「だとしたら……俺自身も確信がもてない」

こういう感情に関して自分が疎いことだけは自信があった。自信がないことに自信があるというのも情けないが。

綾瀬さんは無表情になった。目を逸《そ》らしている。

そのあとは会話らしい会話もなくなり、気まずい空気のなかで俺たちは朝食を続けた。

俺はこの一か月間、自分の感情から目を逸らそうとしてきた。だって、俺は綾瀬さんの兄……だから。他の異性とも話したり、良いところを見てきたりしたんだけど。どうやら綾瀬さんに対しての感情は特別だと結論した。

なのに……。

俺のこの感情は兄としてのものかもしれないって？

朝食を食べ終えると綾瀬さんは食器を片づけて、いつも通りにさっさと学校へ行こうとしてしまう。

俺はとっさに背中を追った。

このままでは、ここ一か月の繰り返しがまた始まってしまうと思ったから。

玄関で靴を履いていた綾瀬さんに追いつく。

履き終えた綾瀬さんは、立ち上がったまま動きを止めていた。

「綾瀬さん」

「あのね」

背中を向けたままで綾瀬さんが言う。

「嫌じゃないから」

えっ？

それって、どういう意味、と問おうとした。

けれどもその前に綾瀬さんはくるりと振り返り、履いたばかりの靴を乱暴に脱いで俺の手を取ると、細腕からは信じられない力でひっぱった。

綾瀬さんにしては珍しく強引な所作に驚くままにひっぱられ、連れて行かれたのは彼女の部屋だった。

ドアを閉めて内鍵をかけると、カーテンも閉ざされていることを一瞥《いちべつ》で確認し、彼女はふたたび俺のほうに向き直り——。

「え？」

時間が、止まる。

何をされたのかはすぐにわかった。だけど頭で処理するのにすこし時間がかかった。

あたたかい。

そして、なんだろう、これ。うまく表現できないけれど、ふやけた頭の中にかろうじて浮かんだのは、そう、笑ってしまうくらいに単純な言葉。

しあわせを、感じる。

体と体が触れ合い、重なり合い、体温が溶け合うようで。

背中に回された彼女の腕が、ぎゅっと締め付けてくる。そのさまは、俺や彼女が嫌った束縛の象徴みたいな行為だっていうのに、いまはただ求められてることがうれしくて、俺の腕も自然と彼女の体を抱きしめ返そうとしてしまう。

しかし、そのときにはもう綾瀬《あやせ》さんは俺から離れるところだった。

「安心、した？」

「えっ」

「勇気をだしてくれて、ありがとう。さっき浅村《あさむら》くんが言ってくれたこと、ひとりで考えてたんだとしたら、きっとつらくて……重いものを抱えてたんだと思う」

「それは……そう、かもね」

「でも、安心して。私も、たぶんその荷物は、分け合える」

実際、うれしさよりも安堵《あんど》のほうが大きい。

すべての関係が崩壊するかもしれない告白。ただでさえ俺には強い魅力なんてないし、実際あの新庄《しんじょう》って男のほうがモテるくらいなのに。更に家族関係っていう枷《かせ》まであるのだから。

告白した瞬間にすべてを失うことだって、ありえた。

だからこそ綾瀬《あやせ》さんの、この抱擁《ハグ》は。

免罪符のように思えて。

「あなたの言う、その感情が、兄からのものだったとしても、それ以外のものだったとしても、嫌じゃないから、私。どっちでもうれしいから」

「綾瀬さんも、もしかして……」

「わからない。この感情が、兄妹《きょうだい》だからなのか。それとも、ちがうのか」

「綾瀬さん……」

「でもあなたを安堵させるために、こうして抱きしめてあげたいっていう気持ちは本当だし。私がつらいときには抱きしめてくれたらうれしいって、そういうふうにも思う。特別なタグをつけずに、ただ気持ちを言葉にしたら、そうなる」

「……うん」

俺もたぶん同じだ、と思った。

「すり合わせ。私はお母さんたちを困らせたくない。浅村《あさむら》くんも、それは同じ?」

「うん。親父《おやじ》と亜季子《あきこ》さんには、気兼ねなく幸せになってほしい」

「続き。私は浅村くんが他の女の子と仲良くしていたら嫉妬するし、たぶんモヤモヤする。これは、どう?」

「俺も同じ。束縛したくないとわかっていても、この前の勉強会は、すこし嫌だった」

「わかった。逆に、さっき聞いた女の子との渋谷《しぶや》散策、私はすこし嫌だった」

「ごめん」

「謝らなくていいよ。お互い、ここ以外の人間関係もきっとあるものだし。……で、ね。こういう嫉妬も、恋人じゃなくて兄妹でもありえる感情だと思うの」

「そう、かもね」

　だんだんと、彼女の言いたいことが見えてきた。

「私たちがいきなり恋人同士になりたいなんて言ったら、きっとお母さんたちを驚かせてしまう。だから、いつもは『浅村くん』で、お母さんたちの前では『兄さん』――あくまでも兄妹として。……ううん」

　綾瀬さんは首を振った。

「特別に距離の近い義理の兄妹として、仲を深めていくのは、どう……かな?」

「親父たちには、隠れて?」

「……いけないこと、だよね」

恋愛感情を抱えて、抱擁をして。両親にはとてもこうしている姿は見せられないと感じる時点で、正しいなんて思えているわけもなかった。

だけど正しさを突き詰めれば、俺は自分の気持ちに正直になれない。

このジレンマを解消するには、正しくないと知った上で、我がままを通さなければならないんだ。

「どんな形でも。俺はこうして綾瀬《あやせ》さんが受け入れてくれるだけで、充分しあわせだよ」

「……私も」

兄妹《きょうだい》の延長という言い訳を掲げられる範囲での、義妹《ぎまい》との秘密の生活。

正直、いつまでそれを続けられるか、自信はない。

いまはまだ抱擁で満足しているけれど、感情が昂《たか》ぶってしまったら、いったいどこまでいってしまうのか自分でもわからなかった。

マンションを出ると新しい季節の冷たい風が俺たちの顔を殴りつけていく。

けれど体の芯に満ちるじんわりとした熱のおかげで、冬服に着替えるまでもなく寒さを感じることはなかった。

あとがき

小説版「義妹《ぎまい》生活」第4巻を購入いただきありがとうございます。YouTube版の原作&小説版作者の三河《みかわ》ごーすとです。3巻では全体的にヒリつく展開だったので、この4巻では比較的甘いシーン多めでお届けしました。二人の幸せな生活を見たい読者さんにとっては良い一冊になったのではないでしょうか。この後、兄妹《きょうだい》とも恋人とも呼びがたい二人の関係がどう変化していくのか、二人の人生がどんな方向へ進んでいくのか、引き続き見守ってくれると嬉《うれ》しいです。

又、一点お知らせを。本作は『このライトノベルがすごい！2022』にて新作3位の栄誉をいただきました。投票してくれたファンの皆さん、本当にありがとう。栄誉ある賞の名に恥じないハイクオリティな作品を作っていきますので、これからも応援よろしくです。

謝辞です。イラストのHitenさん、綾瀬沙季《あやせさき》役の中島由貴《なかしまゆき》さん、浅村悠太《あさむらゆうた》役の天﨑滉平《あまさきこうへい》さん、奈良坂真綾《ならさかまあや》役の鈴木愛唯《すずきあゆ》さん、丸友和《まるともかず》役の濱野大輝《はまのだいき》さん、読売栞《よみうりしおり》役の鈴木《すずき》みのりさん、動画版のディレクターの落合祐輔《おちあいゆうすけ》さんをはじめとしたYouTube版のスタッフの皆さん、その他出版にかかわるすべての皆さん、そして読者の皆さん。いつも本当にありがとう。

限られた文字数ですが限界まで感謝を捧げさせてください。——以上、三河でした。

ゆっくりと変わっていく
等身大の〝兄妹関係〟を
描いた
誰にも知られてはいけない、二人だけの秘密の生活が始まった。
兄妹のようで恋人のようでもある、
名前をつけられない関係を育む悠太と沙季。
自分の都合を押しつけたりせず、
かといって抱え込みすぎもせず、適切に頼り合いながら、
お互いに理想のパートナーでいようと試みる二人。
初めてのデート、不慣れな
ファッション、友達の誕生日会、
ボランティア、そしてハロウィン。
さまざまな出来事を通して同じ時間を過ごすことで、
異性に期待せず生きてきた二人に
すこしずつ『変化』の兆しが見え始める。
そして周囲の人間も、
徐々に彼らの『変化』に気づき始めて——。
恋愛生活小説 第5弾。
『義妹生活』第五巻 2022年春発売予定。
※2021年12月時点の情報です。

MF文庫J

義妹生活 4

2021 年 12 月 25 日　初版発行
2022 年 3 月 10 日　再版発行

著者　三河ごーすと

発行者　青柳昌行

発行　株式会社 KADOKAWA
〒102-8177 東京都千代田区富士見 2-13-3
0570-002-301（ナビダイヤル）

印刷　株式会社広済堂ネクスト

製本　株式会社広済堂ネクスト

Printed in Japan　ISBN 978-4-04-681001-4 C0193